# 探索百科

OEC 编　　飞思少儿科普出版中心 监制

电子工业出版社
Publishing House of Electronics Industry
北京·BEIJING

# 目 录 〈〈〈

图书在版编目（CIP）数据

生命科学. 下册/OEC编.—北京：电子工业出版社，2010.6
（Discovery Education科学课）
ISBN 978-7-121-10711-5

I. ①生… II. ①O… III. ①生命科学－普及读物 IV. ①Q1-0

中国版本图书馆CIP数据核字
（2010）第068075号

责任编辑：郭 晶 李娇龙
文字编辑：窦力群
印 刷：中国电影出版社印刷厂
装 订：三河市皇庄路通装订厂
出版发行：电子工业出版社
 北京市海淀区万寿路
 173信箱 邮编：100036
开 本：787×1092 1/16
印 张：9.75
字 数：249.6千字
印 次：2010年6月第1次印刷
定 价：35.00元

## 爬行动物

# 鱼类和两栖动物

## 爬行动物

你或许认为爬行动物的长相令人害怕，并对人类有害。而事实上，尽管它们之中的多数为肉食性动物，但它们和你及地球上的其他动物一样，也需要食物维持生存，也需要保护自己。

爬行动物在地球上已生活了几亿年，精确一点说，接近 3 亿年。"行走"（滑行、笨拙地移动、爬行）是它们的主要特征。爬行动物最重要的一个方面在于，它们是第一个能够完全在陆地上生活的动物典型。

你将惊奇地发现，爬行动物有一些独特之处。赶快加入此次畅游爬行动物世界的旅程，多多了解这些有趣的动物吧！

## 两类动物

关于鱼类和两栖类，你了解多少？当然，也许在宠物店、水族馆你已见过一些；或者你目前正喂养着这样一种宠物。但是，你肯定没有见过同属的数千个种类，也可能无法想像每个种类又是何等特别。

在《鱼类和两栖动物》中你可以见到一些永久或暂时栖居在水中、最有代表性的动物，并从中了解到鱼类和两栖动物如何适应环境，以及如何区分这些动物。从它们栖息的环境、相互关系到各自的特性，均举例翔实，是深入认识鱼类和两栖动物的最佳入门教材。

# 目 录 <<<

## 鸟类的适应性

**如**果你认为鸟类都在空中飞翔，那么你只说对了一半。确实有很多鸟类都在空中翱翔，或者是栖息在你永远也不可能到达的高处；但事实上在你的身边，甚至在地面上，鸟类也无处不在。每一地区的鸟的种类不同，取决于它们对栖息地的适应性。

适应性也能从鸟类的身体特征看出来。在这之前你是否知道可以凭借鸟类的喙来判断它们食物的类型？另外，你是否知道鸟类翅膀的形状取决于它的功能？往前追溯到恐龙时代，科学家把鸟类的进化方式做了一个详细的分析。从本书中，你可以找到这所有的一切，并发现更多关于鸟类进化的知识。从此以后，你对我们长着羽毛的朋友的看法将彻底改变。

## 鸟 类

# 昆　虫

## 成群蜂拥

"嗡嗡嗡……嘶嘶嘶……吱吱吱……"是苍蝇吗？还是蛇？还是小鸟？再猜猜看！对了，它们都属于昆虫。昆虫数量众多，随处可见。目前世界上已发现的昆虫种类比其他所有动物种类的总和还要多。而且据科学家统计，应该还有好几百万种昆虫尚未被发现。

昆虫为什么具有如此强大的生命力呢？首先要归功于它们的飞行能力。飞行可以帮助许多昆虫躲避天敌，而且能够长距离迁徙寻找食物和配偶。另外一个原因是它们的身体构造很独特。

那么，昆虫生活在什么地方呢？我们知道陆地上有昆虫，其实除了陆地之外，昆虫也无处不在——无论气候炎热还是寒冷的海洋内、湖泊里、河流中等。经过大约3.5亿年的进化，昆虫已经能够适应各种各样的生存环境。它们发展出了逃避天敌的防御策略，以及使得它们在任何地方都能够获取食物的取食机制。

想知道更详细的内容吗？《昆虫》将带您进入令人惊异的昆虫世界，你将了解到很多关于这些小生命的知识。

## 动物的世界

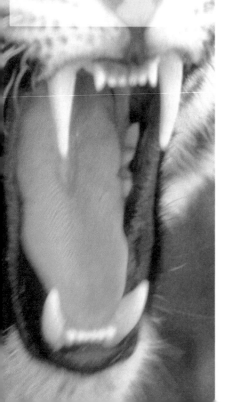

从地质时代上看，哺乳动物在地球上出现的时间比较晚，那时它们的身体只有鼩鼱一般大小。当恐龙如同雷震般的脚步践踏到它们的王国时，这些可怜的动物只能惶恐地躲在草丛下面。

但现在，地球上成了哺乳动物的天下，它们模样不同，身材各异，生活习惯和活动方式也千姿百态。

《哺乳动物》将带领你探索哺乳动物的世界，研究人类与动物"伙伴"们之间的特殊联系。对哺乳动物进一步的了解也能帮助我们更好地了解自己和这个世界。

## 哺乳动物

# 爬行动物

# 爬行动物

与鱼类、两栖类、鸟类、人类，以及其他哺乳类动物一样，爬行动物也属于脊椎动物。那么爬行动物与其他脊椎动物有何区别呢？与鱼类和两栖类不同，爬行动物的繁殖不需要在水中进行，它们身体上覆盖的鳞片有助于防止水分的散失。此外，大多数爬行动物在陆地上繁殖后代。有些爬行动物是卵生的，有些则从体内直接产出后代。

与鸟类和哺乳类相比，爬行动物的主要不同在于其冷血的特征，它们无法调节自己的体温。这就是说，它们的体温是由环境的温度所决定的。蜥蜴取暖的唯一方式就是晒太阳，吸收热量。这样，即便移动到阴暗的地方，在一小段时间内其身体也会保持温暖。你可以自己寻找爬行动物的其他特征。特征是指大多数爬行动物所共有的特点。必要条件是指所有爬行动物都具有的特点。在学习本书后续单元时，应反复温习本栏目内容。

## 必要条件：冷血

人们把爬行动物归为冷血类。但这并不是说爬行动物的血真是冷的。事实上，爬行动物具有冷血特征，亦即它们不能像鸟类和哺乳类那样调节自己的体温。要使自己变暖，爬行动物需要外在因素，如阳光等。鱼类和两栖类也具有冷血的特征。

## 特征：繁殖

有些爬行动物（例如某些蛇类和蜥蜴类）直接生出后代。但是绝大多数（包括所有海龟和鳄鱼）是卵生的，幼仔孵出后将独立生活。但是，短吻鳄妈妈会帮助其子女从巢中爬出，并且保护它们不受敌人的侵害。

## 必要条件：肺

如果没有肺，爬行动物就无法在陆地上生存。有了肺，就意味着它们无需回到水中就能呼吸（或者像两栖类动物那样通过皮肤吸入氧气）。

## 爬行纲由四个目组成：

1. 海龟和陆龟（龟鳖目）
2. 蜥蜴和蛇（有鳞目）
3. 鳄鱼和短吻鳄（鳄目）
4. 斑点楔齿蜥（喙头目）：
    这是最小的一个目，但已在地球上生活了2.5亿年。喙头目爬行动物都生活在新西兰的鸟屿上。（更多的相关信息，请参见第10页至第11页"爬行动物展示"。）

## 特征：脊椎

所有爬行动物均有脊椎，但并不是所有的脊椎动物均属爬行类。短吻鳄的脊椎一直延伸到其强劲的尾巴顶端。

## 必要条件：羊膜

如果没有羊膜卵这种特点，爬行动物根本无法在陆地上产卵。在受精后，爬行动物的卵将产生羊膜，并在幼儿孵出之前一直保护着胚胎。

## 特征：牙齿

短吻鳄和鳄鱼的牙齿多用来捕获猎物，而不是咀嚼食物。它们不是将猎物整个吞下去，就是先撕成碎块，再吃下去。有些毒蛇长有毒牙，可以将毒液注入猎物体内，但并不是所有爬行动物均有牙齿。海龟的上下颚表面边缘锋利，可以切断植物或海草。

## 特征：皮肤

拥有坚硬的皮肤对于爬行动物的生存至关重要。鳞片既能保护它们的身体，又能防止水分的散失(由于这个原因，有些爬行动物可在沙漠中生存)。鳞片由角质构成(你的指甲和头发也是由角质构成的)。

## 卵壳：

保护胚胎。空气可以通过卵壳进入，但里面的重要液体无法流出。

## 卵膜：

外壳下面的一层较坚硬的膜，分布在其他所有膜之外。

## 尿囊：

存放废物。

## 羊膜：

含有液体的袋囊，用以维持胚胎的湿润。

## 胚胎：

这条短吻鳄的胚胎已发育到一半。

## 卵黄囊：

含有胚胎的食物来源。

## 量体温

冷血是什么概念？因为人类是哺乳动物，因此属于温血型。人类不但可自己产生热量，而且可将这种热量传递给其他物体。而爬行动物则从外部获取热量。要明白其中的差别，可试着做如下几件事情。

首先，在椅子上坐5分钟。然后，站起来摸摸椅子，是不是比你刚坐下时要热一些？找两个圆形物体(石头或塑料球)，一个放在太阳下，另一个放在阴凉处。5分钟后，一只手拿一个，比较二者的温度。哪一个热一些？将观察结果记录下来。如果这两个物体能代表爬行动物的话，那么关于爬行动物对温度的反应能得出什么结论？它们与人类有什么区别？

## 特征：视力

爬行动物依靠自己敏锐的视力觅食。在寻找昆虫时，美洲变色龙的两只眼睛能相互独立地转动。为便于夜间捕食，鳄鱼的眼睛已经有了特别的进化。

 课 程 活 动

抚养后代

距离新西兰海岸很远的一座荒岛上，某年某月某日

问：作为蜥蜴，你可真够娇小可爱的。

答：我不是蜥蜴，我是斑点楔齿蜥。

问：斑点什么？

答：斑点楔齿蜥。新西兰沿岸的群岛上生活着好几种此类爬行动物，我属于其中的一种。

问：骗我们的吧。你看起来就像蜥蜴。你们为什么不到其他地方生存？我原本以为蜥蜴是生活在世界各地的。

答：我叫斑点楔齿蜥，不是蜥蜴。我只在这些群岛上生存，因为这里较为安全。

问：此话怎讲？

答：因为到目前为止，这些岛屿上还没有一只老鼠，我最害怕的就是老鼠，我的兄弟姐妹也害怕老鼠。

问：我也害怕老鼠，但我能与它们一同生存。你不能吗？

答：不能。老鼠会捕捉像我这么小的爬行动物。此外，它们也吃爬行动物的卵。过去，它们吃了太多的斑点楔齿蜥及其卵，以至于我们一度濒临灭绝。要不是因为在老鼠的地盘扩展到这个地方之前，新西兰就已和主大陆分离了，我们也许早就不存在了。现在，我们家族仅剩下几千个成员。过去我们生活在新西兰，现在只生活在新西兰沿岸的岛上。

问：你们为什么要搬家？

答：因为欧洲人在19世纪来到新西兰，他们船上带来的老鼠几乎把我们吃光了。

问：你们的父母在哪里？不能保护你们吗？

答：你是不是在耍我？我不是蜥蜴，但我确实是爬行动物。不要再忘记了。

问：那有什么区别？

答：嗯，一般来讲，雌性爬行动物产下卵后并不在附近逗留。我们经常被产在地面上挖出的浅坑中或岩石中，在孵出之前，这就是我们的庇护所。你看，我现在刚孵出一个星期。

问：那你是怎么活下来的？

答：很幸运，我从卵中获得了所有必要的食物。这些营养物通过脐带从卵黄囊直接输送到我的胃里。卵的外面是一层类似皮革状的外壳，用以防止内部水分的散失。它的用处很大，因为所有爬行动物卵的孵化均需要较长的时间。

问：多长时间？

答：一年多，确切地说是15个月。这也是爬行动物最长的孵化期。

问：孵化期过后，你怎样从卵中出来呢？

答：看见我鼻子上这个尖尖的东西了吗？我就是依靠这个特别的结构从卵中爬出来的。现在我已出来，就不再需要它了，一两个星期之后，它便会自行脱落。

问：你还没有回答我刚才提到的问题：没有妈妈的看护，你是如何活下来的？

答：与哺乳类不同的是，爬行动物不需要母亲的乳汁。我的食物与成年斑点楔齿蜥的食物完全一样：蜘蛛、甲虫、蟋蟀。

问：天啊，你怎么受得了？

答：很简单，这就是我的生存方式。大多数爬行动物以某种动物为食，我们一出生便已完成发育，除了体形较小之外，我们与父母一模一样，已具备了捕获食物的能力。如果我是一条幼蛇的话，我也具备了致人于死地的毒液了。但是，在猎食过程中，我确实获得了一些帮助。

问：是谁帮助了你？

答：鸟类。斑点楔齿蜥与鸟类保持着一种特殊的关系。燕鸥、海燕、鸬鹚等海鸟的粪便落在土壤和岩石上之后，会引来昆虫。这样我们在晚上就可出来一饱口福了。有时我们与海燕同居一处，白天我们蒙头大睡，海燕外出捉鱼，晚上它们回来休息，我们便出外觅食。冬季，鸟类迁徙到外地，我们则将洞穴作为冬眠之地。

问：我原本以为爬行动物不需冬眠呢。你们怎样冬眠呢？

答：我们的新陈代谢率很低。换句话说，我们不需要很多能量就能存活下来。我们的生活之处对于大多数爬行动物而言似乎有点太冷。当气温降至6℃时，我们的脉搏将降至每分钟10次，并且每小时仅呼吸一次。这就是说，十分寒冷的时候，我们不需要太多食物便能保持身体所需的能量。有时，太阳出来后，我们喜欢在岩石上晒太阳取暖，直到浑身温暖为止。在这些岛上，这样做没什么危险。

问：你们的敌人——老鼠的情况如何？

答：幸运的是，人们目前了解到我们面临着灭绝的危险，因而颁布了保护我们的法律。法律禁止人们登上这些岛屿，这就基本上消除了带来老鼠的可能性。事实上，这些岛屿的四周都是陡峭的悬崖，根本没有良好的停泊处。

总而言之，栖息地和环保主义者保护了我们。

问：目前你们还有多少成员？

答：大约10000只。我们的繁殖能力并不高。

问：为什么会这样？

答：因为繁殖需要的时间太长了。我再过20年才能达到求偶的年龄。雌性在受孕之后，还要等待一年时间才能将卵产下。

问：我想你自己最好多加小心，以便顺利地生活下去，从而生下自己的子女。祝你猎食愉快！

## 岛屿的演化

斑点楔齿蜥并不是唯一一种因为生活在偏远的岛屿上而逃脱灭绝厄运的爬行动物。由于远离大陆，这些岛屿成为某些物种的理想生存之地(尤其是这里没有它们的天敌)。这种平衡在数千年内可能在一座岛上保持下去，除非突然发生了某种变化。想一想在其他岛上，与斑点楔齿蜥有着类似境遇的另一个物种。在选择这样的物种之后，应研究其进化史以及目前的生存状况。该物种与斑点楔齿蜥的异同点是什么？对于该物种以及斑点楔齿蜥，什么变化最有可能(极大地)影响着岛屿上这两种物种的数量？

课 程 活 动

# 恐龙的黄金时代

要了解早期爬行动物的情况，我们必须回到很久之前，大约3亿年前。根据对化石的研究发现，这也是首批爬行动物出现的时代。在这段漫长的时间内，爬行动物经历了巨大的变化，以适应地球气候及地表的变化。你会惊异地发现一些古老的"恐龙"。

## 古生代

| 石炭纪（宾夕法尼亚州）3.2亿～2.86亿年前 | 二叠纪 2.86亿～2.4亿年前 | 三叠纪 2.4亿～2.08亿年前 |
| --- | --- | --- |

### 爬行动物的出现

两栖动物繁盛一时。它们既可以在陆地上生活，也可以在水中生活，但必须在水中产卵。后来有些两栖类开始在干燥一些的陆地上产卵。不久之后，这些动物也能在陆地上生活了，这就是早期的爬行动物。

### 爬行动物的兴起

爬行动物出现在全球各地，并且种类繁多。每一种均有特别的适应能力来帮助它们在陆地上生存。例如，帆龙的背脊上长了帆状物，可以帮助吸收太阳的热量。另一种爬行动物阔齿龙也是最早以植物为食的陆地动物之一。太有趣了！

### 恐龙登场亮相

恐龙的腿是直的（这与其他爬行动物不同，例如蜥蜴和鳄鱼的腿有一个弯曲角度）。海龟和鳄鱼的祖先开始出现。一些三叠纪的恐龙（如伪龙）生活在海洋中。最早的恐龙称为虚形龙。据说这种恐龙会吃掉自己的后代，信不信由你了。

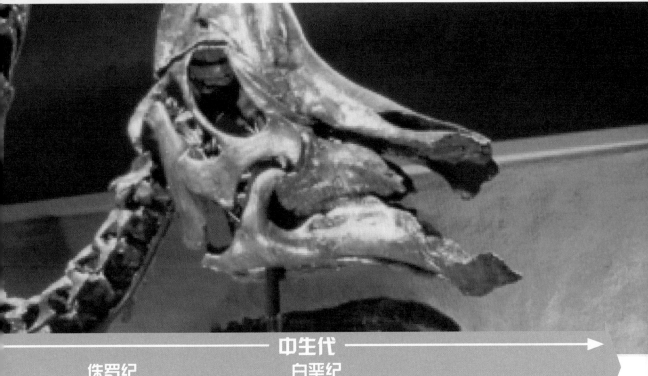

中生代 →

| 侏罗纪 | 白垩纪 | |
| --- | --- | --- |
| 2.08亿~1.44亿年前 | 1.44亿~6500万年前 | 6500万年前 |

## 巨型恐龙的世界!

在这一时期,生活着许多以植物为生的恐龙。有些体型庞大,如剑龙和梁龙有27米长!有些爬行动物会飞(如翼手龙),有些则生活于海洋中(如薄片龙和鱼龙)。薄片龙体长15米,脖颈类似于长颈鹿;鱼龙更像鱼,它用鳍划水。

## 恐龙的鼎盛期

在我们所知道的所有恐龙当中,约一半以上生活在这一时期。包括凶狠的肉食性恐龙——霸王龙和刺甲龙。但是,有些恐龙却出奇的小,如始颌龙只有70厘米长。

## 恐龙的绝唱

突然之间,大多数恐龙灭绝了。有些科学家认为一个流星体撞上了地球,所引起的爆炸造成大量的灰尘和烟雾浮到空气中,长时间地遮挡住阳光(大约有6个月时间)。许多植物纷纷枯死,从而使许多以植物为生的恐龙死亡。而以这些恐龙为食的肉食性恐龙也未能逃过这一劫。

## 生存方式

恐龙适应多种类型的生活方式。有些是草食性恐龙,有些是肉食性恐龙。可参观博物馆的恐龙厅,或者查阅恐龙的相关画册,并将这两种形式进行对比。以图表的形式记笔记。可以分为左右两栏:一栏为草食性恐龙,另一栏为肉食性恐龙。在各栏中列出如下特点:

● 外形尺寸
● 脖颈长度
● 腿和脚的特点
● 牙齿和颚
● 角

对于各种特征均予以描述。这两种恐龙有什么区别?

 课 程 活 动

# 爬行动物展示

科学家将爬行纲划分为四个目。它们都具有爬行动物的共同点，同时也具有主要的不同点。不同点主要表现在外观上，但内部也有明显的不同。

| 目 | | 普通名称 | 物种数量 | 分布区域 |
|---|---|---|---|---|
| 龟鳖目 | | 海龟和陆龟 | 260 | 除南极洲之外各大洲的温带和热带地区。 |
| 有鳞目 | **亚目**<br>蜥蜴亚目 | 蜥蜴 | 3 751 | 南北美洲、欧洲(挪威以南)、亚洲、非洲、大西洋、太平洋和印度洋的岛屿。 |
| | **亚目**<br>蛇亚目 | 蛇 | 2 389 | 除南极洲之外各大洲的温带和热带地区；个别岛上没发现（包括冰岛和新西兰）。 |
| 鳄目 | | 鳄鱼 | 22 | 非洲、拉丁美洲、亚洲和美国的热带地区。 |
| 喙头目 | | 斑点楔齿蜥 | 2 | 新西兰沿海岛屿。 |

## 濒临灭绝的爬行动物（美国）

| 爬行动物 | 区域 |
|---|---|
| 亚拉巴马红腹龟 | 亚拉巴马 |
| 美洲鳄 | 佛罗里达 |
| 钝鼻豹蜥 | 维尔京群岛 |
| 库莱布拉岛巨型变色龙 | 波多黎各及库莱布拉岛 |
| 绿海龟 | 佛罗里达(在海岸区域繁殖) |
| 肯普氏鳞海龟 | 佛罗里达帕椎岛(繁殖地) |
| 棱皮海龟 | 美国沿海地区 |
| 蒙那地面鬣蜥 | 波多黎各蒙那岛 |
| 莫尼托壁虎 | 波多黎各 |
| 波多黎各蟒蛇 | 波多黎各 |
| 普莱茅斯红腹龟 | 马萨诸塞 |
| 旧金山束带蛇 | 旧金山 |
| 维尔京群岛树蟒 | 维尔京岛 |

## 一些有毒的爬行动物

| 蛇 | | 蜥蜴 |
|---|---|---|
| 眼镜蛇 | 树眼镜蛇 | 希拉毒蜥 |
| 铜头蛇 | 响尾蛇 | 墨西哥珠串蜥 |
| 珊瑚眼镜蛇 | 海蛇 | |
| 水蝮蛇 | 太攀蛇 | |
| 金环蛇 | 蝰蛇 | |

| 栖息地 | 举例 | 特点 |
|---|---|---|
| 咸水或淡水 ( 池塘及沼泽 )、干旱、半干旱地区。 | 麝龟、水龟、鳄龟、陆龟、海龟。 | 身体的大部分受骨甲保护(背部呈圆形,腹部扁平);无牙齿,用锋利的颚切割食物;卵生;草食性动物。 |
| 热带及温带森林、山区和沙漠。 | 壁虎、巨蜥、美洲变色蜥蜴、鬣蜥、无腿蜥。 | 种类繁多;有多种不同颜色及大小;大多数生有四肢(蚓蜥除外)和尾巴;大多数为卵生,有些种类直接生出后代;多数有耳孔和眼睑。 |
| 热带及温带森林、山区、沙漠及半干旱地区。 | 响尾蛇、大蟒蛇、欧洲蝰蛇、眼镜王蛇、珊瑚蛇、食鱼蝮。 | 身体细长,无腿;移动时,身体左右摆动;腹部有宽大的鳞片,以协助向前运动;均为肉食性动物;有些生有毒牙;呈叉状的舌头来回摆动;没有眼睑和耳孔。 |
| 小溪、河流、沼泽及其他湿地。 | 美洲鳄、尼罗河鳄、宽吻鳄、长吻鳄。 | 眼光敏锐、有夜视力;体型大(1~8米长);尾部大而有力,用于游水;嘴巴大;喉咙扁平,可以防止水进入气管;心脏由四个腔组成(其他类型的爬行动物仅有三个腔)。 |
| 滨海森林或低矮丛林、多岩地区。 | 斑点楔齿蜥。 | 脊骨沿脊柱及脖颈背部延伸;头上残留的第三只眼用来识别明暗度,并调节激素的释放。 |

## 沙漠居民

| 龟 | 蛇 | 蜥蜴 |
|---|---|---|
| 穴居沙龟 | 加利福尼亚光蛇 | 巨蜥 |
| 鞍形龟 | 犁头蛇 | 沙蜥 |
| | 角响尾蛇 | 附趾沙蜥 |
| | 西部菱背响尾蛇 | 希拉毒蜥 |
| | 西部斑鼻蛇 | 角蜥 |
| | | 豹蜥 |
| | | 刺蜥 |

### 变暖趋势

在词典中找到"温带"和"热带"两个词语,将其定义以及地球上的对应区域抄写下来。在描述爬行动物的生存区域时,这两个词语为什么很重要?根据自己掌握的关于爬行动物的知识,列出南极洲没有爬行动物的两三条原因。

**课 程 活 动**

# 巨型陆龟与英国皇家海军"贝格尔"号

**加拉帕戈斯群岛，1835年**

50万年前，世界上大部分地区都可看到巨型陆龟缓行的足迹。但是自那以后，它们近乎绝迹。如今，存活下来的巨型陆龟大多生活在加拉帕戈斯群岛的伊莎贝拉岛上。加拉帕戈斯群岛距离南美洲西海岸约965千米，由15座大岛和几十座小岛组成。这些岛屿由太平洋洋底火山喷发形成，发生时间距今300～500万年前。

加拉帕戈斯群岛是许多稀有动物的家园。其中的一些物种已在世界的其他地区绝迹。在这些小型群岛上，动物们不会受到其天敌的威胁，因而较为安全。在这些残存下来的幸运者中，巨型陆龟即是其中之一。

1832年，查尔斯·达尔文开始了他的环游世界之行。作为英国皇家海军贝格尔号的一名乘客，达尔文在笔记中记录了他所看到的一切。3年后，贝格尔号抵达加拉帕戈斯群岛，达尔文在那里停留了5个星期。

下面节选的片段描述了神奇的巨型陆龟。

这些动物的个头非常庞大。英国人劳森先生是这块殖民地的副总督，他告诉我们：他见过几个巨型陆龟，要6～8个人才能将它们抬起来；有些可提供重达91千克的肉。年龄大的雄性陆龟个头最大，雌性陆龟一般长不了这么大。分辨雄性和雌性的方法很简单：雄性的尾巴大一些。生活在这些岛屿上的陆龟主要以鲜美的仙人掌为食。生活在高而湿润地区的陆龟则以各种树叶为生，同时也吃酸浆果和树枝上生出的地衣。

陆龟非常喜爱水。它们的饮水量极大，并喜欢在泥水中打滚。只有大一些的岛屿才有泉水，泉水一般位于中心区域，并且位置较高。陆龟感到口渴时，要爬行很远的距离才能喝到水。因此，我们可以看到，宽而平整的小路从这些泉水边呈辐射状向海边延伸过去。陆龟抵达泉水边时，会将自己的头埋在水中(包括眼睛)，贪婪地大口喝水(平均每分钟喝十口)。据当地的居民说，陆龟一般在水边停留三四天时间，然后就回到它的"家"。

太平洋
┃
加拉帕戈斯群岛    南美洲

它们要爬行很长的距离：在两三天的时间内爬行12.8千米左右。大陆龟的行进速度约为每10分钟55米，即每小时330米，每天6.4千米(路上还要停下来吃些东西)。

在繁殖期，雄性和雌性会走到一起。雄性会发出嘶哑的吼叫，据说这种吼声能传到约91米远处。雌性从来不发出吼声，而雄性也只在这一阶段发出吼声。它们在这时(10月份)产卵。雌性将卵都产在沙土中，并盖好；如果是岩石地面，它们将卵产在岩缝中。卵为白色球形，我测量了其中的一个，其周长为18.7厘米。小陆龟孵出后，便成群结队地去捕食。老陆龟一般会意外死去，比如从悬崖上坠落身亡。

当地居民认为这些动物是百分之百的聋子，它们根本听不到有人在它们的身边。

### 南美洲，18世纪初

并不是所有的爬行动物观察者均像达尔文那样平和。有些人会先开枪，再问问题。英国军官珀西·福西特上校描述了在里奥内格罗的旅行经历：

"我们正顺流而下，忽然，船头之下出现了一个三角形的脑袋和呈波浪形、几米长的身躯。那是一条巨蟒。当它向河岸爬去时，我赶快举起了步枪，根本来不及瞄准便开了枪。一发子弹射进它的脊柱内(距离头部约3米)。刹那间，浪花四溅，船的龙骨受到了几下重击，我们在船上像是遇到了风暴。"

## 爬行动物记录

科学家达尔文在旅途中写下了很好的记录。假设你是达尔文的一位同伴，正在观察记录一种爬行动物。或许你的学校的动物饲养箱中就有蜥蜴或小蛇。如果没有的话，可安排一个下午时间到当地的动物园去看一看。选择一种要观察的动物，并将观察到的内容记下来。该动物如何行动?它看起来像什么? 描述其形状、大小和颜色。应特别注意它如何吃东西，如何同其他动物"打交道"。然后将自己的笔记整理成完整的句子，并写一篇详细的叙述文章，送给达尔文过目。

课 程 活 动

# 小心一点

现在，全世界共有300多种龟类。其中有一些两栖型的(即在陆地和水中均可生存)。有些生活在咸水中，有些生活在淡水中，有些则完全生活在陆地上。龟的外形、大小不一。它们属于龟鳖目，存活于这个世上已有两亿年之久。最大的龟是古海龟(现已灭绝)，这种巨型海龟竟有3.3米长！龟壳作为家庭餐桌绝对绰绰有余。

## 通过甲壳辨别龟

所有的海龟和陆龟背上均有一个大甲壳，这是它们的共同点。这是龟骨架的一部分。呈弯曲状的上半部分(头胸甲)由脊柱支撑，下半部分(腹甲)保护着龟的腹部。大多数龟的背甲由硬骨材料构成，上面覆盖着角质层。你知道人体上也有角质吗？看看你的手指甲和脚趾甲，它们就是角质。

通过龟甲的形状，我们可以判定其生活方式和生活地点。

|  |  |  |  |
|---|---|---|---|
| **高凸状**<br>意味着厚度大，爬行缓慢。这是陆龟的背甲。 | **微平状**<br>此类龟同时生活在陆地上和水中。 | **平龟壳**<br>属于池塘龟，便于龟在水下移动，以及潜至池塘底部。 | **流线型**<br>龟壳边缘的鳍状边以及龟壳片的组成方式便于龟在水中游动。 |

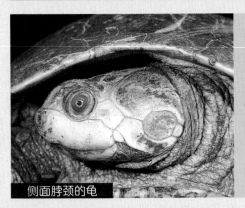

侧面脖颈的龟

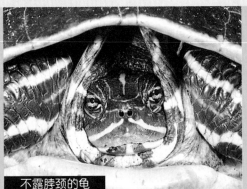

不露脖颈的龟

## 脖颈位置

根据将头缩进龟壳内的方式，龟可分为两大类。不露脖颈的龟可以将其脖颈呈立式的"S"状弯曲，并将其头部完全藏匿起来。侧面脖颈的龟的脖子较长，龟壳较平。它们将头转向一侧，并缩进龟壳下。侧面脖颈龟生活在非洲、澳大利亚和南美洲的热带地区。

大自然作家爱德华·侯葛兰非常喜爱龟。他的一篇文章描写了他努力挽救一只在纽约宠物商店购买的菱背水龟的故事：

菱背水龟生活在微咸的港口地区，但我找不到它喜爱的海水。它整天都在不停地撞击底板，试图在容器壁上找到一个开口。它贪婪地喝着水，但一点东西也不吃。我把它装进纸袋中，它便四处乱抓。最后，我把它拎到哈德逊河口的蒙顿大街码头。当时是八月份，天色阴暗，刮着风。当我把它扔到水中时，它感到非常吃惊，在水面上胡乱地划着，看起来很害怕。它在距离我3米的地方看我，我很伤心，认为自己一定做错了。尽管河水是咸的，但太深了，它根本受不了汹涌的波浪。波浪打过来，把它卷起摔在了桥墩上。太迟了，我想它即便知道确切的方向，也不能游到新泽西州安静的水湾了。波浪又在它身后涌起，我很无奈，只好走开。

## 是龟，还是陆龟？

所有的陆龟都是龟，但并非所有的龟都是陆龟。辨别陆龟时，应看其是否：
● 生活在陆地上(沙漠及干旱地区)。
● 只吃植物。
● 龟壳大、硬，呈凸起状。
● 属脖颈隐藏型。
与鳖不同：非洲扁平龟——扁平的龟壳较柔软，可在岩石间爬行。
● 移动缓慢：每小时90米。

## 关于龟的有趣资料

● 已在世上两亿年左右。
● 无法脱离龟壳。
● 寿命长(有些可活到100岁)。但是只根据龟壳上的生长轮，你并不能判断一些龟的实际年龄。

## 印第安神话传说中的龟

在印第安神话中，第一个动物是一只叫做洛克的龟。当时，世界各地都是水。洛克教会了所有其他动物如何游泳，然后用泥柱修成陆地。有些部落认为龟背上驮着整个世界。易洛魁人(北美印第安人)将它们的一个家族以龟命名，会议室的大门上也刻上了龟形符号。

## 故乡

海龟的觅食范围很大，要游数千千米。但是，一到繁殖期，大多数龟都回到它们自己的出生地，不论路途多么遥远。假设人类也采用这种方式，试想你的家庭会发生何种情况。画一份图表，分别列出祖父母和父母。在生养孩子时，他们要经过多远的路程?在地图上测量每人与其出生地的距离。比较一下，在你们出生时，谁的旅程最长。

课 程 活 动

# 似是而非

尽管科学家把爬行动物划分为不同的目、亚目、科、种，但有些爬行动物看起来还是极其相似。例如，我们如何区分无腿蜥和蛇?如何区分鳄鱼和短吻鳄?看看这些图片能否有助于进行区分。

## 如何区分鳄鱼和短吻鳄?

短吻鳄头部较宽，鼻子呈"U"形；鳄鱼的头较狭窄，吻部呈"V"形。

它们的下颚均有巨大的牙齿，但鳄鱼牙齿紧闭时能与上颚槽口咬合，部分牙齿会露在外头；短吻鳄嘴巴紧闭时，牙齿会咬合至上颚凹陷处。

鳄鱼较短吻鳄好斗，短吻鳄在遇到危险时大多会避开。

非洲长鼻鳄鱼（非洲细吻鳄）

美洲短吻鳄（密西西比短吻鳄）

犁头蛇

## 是无腿蜥，还是蛇？

我们认为蜥蜴是有腿的爬行动物，所有不带腿的爬行动物都是蛇。这种说法对吗？不一定。蜥蜴家族中包含蠕蜥。这种生活在地下的蜥蜴共有140种，其中有三种没有腿(它们代表着无腿蜥的全部)。由于它们一生都在土壤中生活，以蚂蚁和其他昆虫为食，因而不需要腿。蠕蜥一般用其形状特别的头弄松土壤，从而向前移动。

蠕蜥

尽管蠕蜥又细又长且没有腿，但并不是蛇，因为：

(1) 所有蛇都有叉状舌头，而蠕蜥的舌头仅是一个点；

(2) 蠕蜥的眼睛后面长有小耳孔，而蛇并没有这一特征；

(3) 蠕蜥的眼睛很小(有些甚至根本没有眼睛)。由于生活在黑暗中，它们不需要去看什么；蛇则需要用眼睛寻获猎物，它们的眼睛就长在头的两侧，非常明显。

## 什么动物酷似蜥蜴而不是蜥蜴？

### 新西兰，8000万年前

斑点楔齿蜥就是这种情况。斑点楔齿蜥看起来很像蜥蜴(尤其是个头较大的种类，例如角蜥或龙蜥)，但它们有着十分重大的区别。斑点楔齿蜥尖利的脊骨沿着脖子和背部伸展而下，使它们看起来像恐龙时代的幸存者。脊骨保护着斑点楔齿蜥，使其不受敌人的侵犯。斑点楔齿蜥的学名叫"喙头目动物"，意思是"头呈喙状"。

斑点楔齿蜥目动物已在地球上生活了2.4亿年左右。由于地理和地质方面的原因，它们神奇地生存下来。同许多恐龙一样，它们也由于遭到哺乳类的掠食(包括卵和幼仔)，几近灭绝。

幸好在8 000万年前(当时哺乳类尚未出现)，新西兰与大陆分离，其中的一支得以残存下来，躲过了猎食者的攻击。今天，仅有的斑点楔齿蜥生活在新西兰沿岸大约30座小岛上。

斑点楔齿蜥

# 蛇舞

你如果见过一条蛇，你就知道它们长什么样子了。一方面，所有蛇的全身都覆盖着重叠在一起的鳞片。较大的鳞片保护着蛇的腹部。鳞片呈水平状分布，因此当蛇从地面上走过或者爬上树干，会留下摩擦的痕迹。根据其居住环境的不同，蛇的皮肤有不同的颜色和花纹。有些蛇身体发亮，这是对其他动物发出的警告：可能有毒。其他蛇的皮肤则是保护色，能与周围环境的颜色融合在一起。随着年龄的增长，所有的蛇都会蜕去最外面的一层，这就是"蜕皮"。

但蛇的内部是什么样的呢？假如你能变得很小很小，到蛇的体内作一次旅行，那将是怎样的心情呢？现在你就去亲眼看一看吧！我们将观察一条已冻僵的蛇。它静静地躺着，一动也不动，大张着嘴巴。你将要乘坐的"蛇内旅行舱"还不如米粒那么大呢！

蛇的嘴巴张得大大的，我们的旅行舱根本不会碰到它的牙齿或舌头。蛇的颚非常特别，能将猎物整个吞下，即便猎物比蛇大也是如此。下颚和头就像连接在一起的两部分，由弹性肌肉组织连接着，这样在吞食动物或较大的卵时，蛇的下颚能在前后和左右方面张得很大。

你的上方是蛇的两个毒牙。千万别碰它们！通常，它们平放在蛇嘴内上方。现在，由于蛇已冻僵，张大着嘴巴，因此毒牙就露在外面。当蛇的利齿咬进动物的身体后，便会迅速释放出毒液。毒液由附近的毒腺产生。

在你下方就是蛇的叉状舌头。蛇总在不停地晃动着自己的舌头。别不信，这是蛇"闻"周围气味的方式。舌头收集到微粒，会将信息传递给一个称为"犁鼻器"的特别器官。该器官长在蛇头上面，这一特征有助于蛇跟踪猎物。

是不是有点眩晕？这是因为蛇盘成一团，你必须一圈接着一圈地转下去。蛇之所以有时盘起来主要有以下几个原因。蛇妈妈会将自己产下的卵用身体盘起来，发挥保护和保温作用。诸如巨蟒之类的蛇

可缠绕在动物身上，使它们慢慢窒息。每当动物要呼吸时，蛇就增加一点力量，直至动物停止呼吸而死亡。盘成一团的蛇令潜在捕食者感到恐惧。对于一些无毒的蛇而言，盘成一团是它们仅有的一种防御方式。而在大多数情况下，盘成一团是为了让身体暖和一些。

由于蛇的身体又细又长，因此它们的器官分布和形状与我们不同。例如，这条蛇只有一个肺(左侧的肺早就消失了)。看看这条蛇是多么细长！更不必说它的肝脏了。这条蛇的肾一前一后排列着，而人的肾则分布在左右两侧。

调整旅行舱的方向，以便更仔细的观察。这一列弯曲的纵向骨骼是蛇的肋骨，你会看到肋骨的上面与脊椎连在一起。尽管蛇的身体类似于蠕虫，但不是蠕虫，因为它有脊柱。肋骨之间由肌肉相连。由于没有腿和脚，蛇利用肌肉移动。它们先左右移动然后再向前，就像鱼那样。或者，它们先绷紧身体，然后向前伸展(就像树蛇那样从一个树枝到另一个树枝)。

最后，你达到了旅程终点：蛇的尾端。这条蛇的尾端带有一只响环，这是响尾蛇独有的特点。大多数蛇的尾巴较尖，而响尾蛇的尾巴则长着一串内部连接在一起的响环。响尾蛇每蜕一次皮，就会长出一圈响环。响尾蛇能够绷紧肌肉并晃动尾巴，这样就发出与众不同的(可怕的)声音。尽管它已冻僵，但它的尾巴还直直的站立着。我们赶快调转方向，以免这条蛇突然醒来。我们应以最快的速度沿原路回去。抓紧了吗?好，快走，再见了，蛇。这是真的!

### 捕食者在行动

假设你们的旅行舱刚冲出蛇的嘴巴，这条虚拟蛇便突然醒来。记住蛇所在的位置；根据所学的知识，你认为蛇要做什么?假设一只小哺乳类(如地鼠或老鼠)正在蛇的附近，那么请一步一步地描述接下来将要发生的事情。如果这只小哺乳类没有像你们那样安全地逃脱，你想会怎么样?

课 程 活 动

# 古怪的攻击是最好的防御

有些爬行动物，例如鳄鱼和毒蛇，都是臭名远扬的猎食者。但你是否知道，大多数爬行动物也是猎物呢？包括鸟类和小哺乳类在内的其他动物，会寻找爬行动物的卵和幼仔。同时，爬行动物也会将其他爬行动物作为猎食的目标。蜥蜴的处境最令人担忧，由于个头小，它们常常成为鸟类、蛇以及肉食性哺乳类的美食。为了抵御危险，蜥蜴已具备了一些非同寻常的防御手段。

## 逃生！

逃避是首要的防御手段。迅速逃走并找一处安全所在。有些蜥蜴采用二足移动方式(即仅用两个后肢)快速奔跑。鬣蜥的二足移动方式目前已演化得相当完美。鬣蜥生活在拉丁美洲，它长长的后脚趾上长有特别的附属物(如右图所示)，可以在水面上跑动。跑动时，长尾巴可以作为平衡器。减慢速度后，鬣蜥会潜入水中游走。

## 全副武装（危险吗？）

有些蜥蜴（如刺蜥）的皮肤上满是针刺。这些小刺称为"刺皮"。短吻鳄背部的边缘也是"刺皮"。这种坚硬的骨状层可防止蜥蜴被敌人刺伤。当猎食者看到"穿有铠甲"的蜥蜴后，会认为吃这样的猎物太不舒服，只好放弃。

## 保护色

大多数蜥蜴试图将自己与周围的环境融为一体。长有斑点的棕色和紫色壁虎，可以同其居住的多岩石的沙漠环境相匹配，而青色的鬣蜥看起来与作为其"睡床"的树枝毫无差别。变色龙的伪装技艺最高：它可以根据环境改变自己的肤色(可变为青色、黄色、棕色，以及灰色)。变色龙的皮肤细胞(称为色素细胞)带有不同的色素，它们根据神经系统所选的颜色，调整与皮肤之间的距离。与皮肤最近的色素决定着皮肤的颜色。

## 五花八门的尾巴

逃脱猎食者的一种方式是分散其注意力。条纹尾蜥蜴在面对敌人时，会摇晃自己漂亮的、黑白相间的尾巴，直到猎食者看得入迷为止。这样，蜥蜴就可以逃走，只留下猎食者在那里恍恍惚惚而忘记了追赶。

舍去尾巴是另一种逃脱技巧。当然，这是最激进的一种做法。小蜥蜴和壁虎都长有细长尾巴。当猎食者抓住它们后，它们会收缩尾巴的肌肉。这样，尾椎的一个区域将断裂，并导致尾巴脱落。看着仍在地上扭动的尾巴，猎食者会放走小蜥蜴或壁虎，而去抓尾巴。几个月后，小蜥蜴或壁虎又会长出一条新尾巴。但是，新尾巴没有原来的尾巴那样坚实，而且它们一生中这种技巧只能使用一次。

## 一些真正古怪的防御手段

恐吓战术也可发挥作用。澳洲热带蜥蜴(见下图)会将嘴巴张大，使脖子周围的皮肤褶皱向外伸展，呈扇状。如果敌人还不够害怕，它将前后摔打自己的尾巴，发出很大的咝咝声。

非洲角蜥身体上全是刺。受到威胁时，它会将自己蜷缩成球状，并用宽大、带刺的尾巴护着腹部。

有些敌人害怕见血。角蜥眼睛旁边的细血管能够喷出血液，血液甚至可以喷出1米远，从而吓走敌人。

# 猎食？

大多数爬行动物属于肉食性动物。鱼、小型哺乳动物、鸟、昆虫，其他爬行动物都可成为它们的美食。下述的几种爬行动物生来就能以最快、最高效的方式捕杀猎物。

## 施毒

有些蛇使用毒液杀死猎物。尽管蛇没有四肢，但毒液弥补了这种不足。蛇在咬伤小哺乳动物之后，会一直跟踪下去，直到小哺乳动物死亡。蛇共有两种毒液，但都具有致命的杀伤力：一种能麻痹神经组织，另一种则破坏肌肉组织。这无疑有利于蛇的消化。

## 捕鱼

水龟以小鱼、软体动物和水蟒为食。有些龟有捕鱼的天赋。例如，美洲淡水大鳖的口中生来就有一个诱饵：类似蠕虫的粉红色波状物。美洲淡水大鳖会坐在水底，张开嘴巴，并摇晃着舌头。附近的鱼以为自己找到了一条蠕虫，因而会游过来，这样就落入了大鳖的口中。

枫叶龟也使用伪装引诱猎物。它会晃动耳朵上以及头上的片状物，使附近的鱼以为是味道不错的食物。当鱼接近时，枫叶龟会突然张开"V"形大口，借助真空原理将鱼和水一同吸入。

## 就像一根木头

鳄鱼的捕食技术依赖于其他动物的好奇心。它们潜伏在水下，只有眼睛和鼻孔露在水面之上，一动不动，伪装得非常好。它们通过良好的视力搜索着水边的猎物。例如，如果看到了水鸟，短吻鳄会突然游过去，在几秒钟的时间内把猎物吞入口中。

## 用力挤压

　　所有的蛇都需要吃东西，但并非所有的蛇都有毒。无毒的蛇需要采用其他的捕猎方式。它们会静静地躺下等待，以攻击毫无戒备的猎物。然后，它们会缠绕在动物的身体上，挤压得越来越紧，直到动物无法呼吸而窒息。最后，蛇张大嘴巴，慢慢地将猎物整个吞下去。

## 卷舌者

　　变色龙的舌头很长，尾端有黏液。在捕食昆虫时，会突然伸出舌头，并将昆虫黏在舌端。为了保持最佳稳定性，变色龙将尾巴和后肢缠绕在树枝上，静候毫无戒备的昆虫从身边走过。

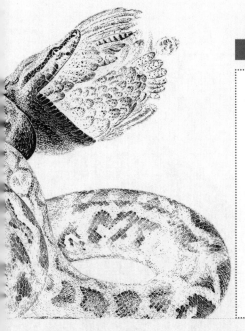

### 南部非洲，20世纪中期

　　如果大蟒蛇要吃掉你，那该怎么办?一位作家为在南部非洲工作的人们提供了明智的做法:

　　千万不要跑，因为大蟒蛇的爬行速度很快。应平躺在地上，双脚并拢，胳膊放在两侧……这时，大蟒蛇会试着从下面推你的头……这时应保持安静。一旦你扭动，大蟒蛇会从你的身体前面将你缠住，直至你死去为止。过一会儿，大蟒蛇便感到厌倦，便决定要吞下你……它很可能会从你的一只脚开始。这时千万别动，你就让它吞下你的脚，一点儿也不痛，但是要等待较长的时间……应耐心等待，直到它吞到你的膝盖为止。然后，轻轻地拔出刀子，并插入大蟒蛇嘴巴已扩张的一侧，用力向上切割。

# 爬行动物之最

看看棱皮龟和巨蟒是什么样。

## 现有的最大爬行动物

　　世界上最大的蜥蜴是在印尼发现的成年雄巨蜥。根据记录，最大的一只有3米长，166千克重！巨蜥可吃掉山羊那么大的动物——把山羊整个吞咽下去。

　　最长的爬行动物是巨蟒，它们能长到约11米长。

　　此外，在海洋中生存的棱皮龟一般能长到1.5米长，365千克重，是世界上最重的爬行动物。迄今发现的最大棱皮龟有636千克重，这真够让人吃惊的。

## 最大的毒蛇

　　眼镜王蛇是生活在南亚地区的一种肉食性爬行动物，通常可长到5.5米长。其毒液可麻痹猎物的神经系统。眼镜王蛇的脖子上长有可膨胀的颈部皮褶，以防止其他动物撕咬它的脖子。

## 最小的爬行动物

　　维尔京群岛壁虎是一种稀有动物，同时也是世界上最小的蜥蜴。从鼻孔到尾部测量，大约只有1.8厘米长。迄今只发现了15只这种动物。

## 会飞的爬行动物

　　有没有见过会飞的蜥蜴?有些飞蜥在肋骨两侧的皮肤上附生有发育良好的翼片。在这些翼片的帮助下，它们能从很高的地方跳下，并安全落地，从而逃脱猎食者的追击。

　　有些蛇也能飞。飞树蛇可从树枝上跃起，呈直线形在空中移动。其弯曲的腹部类似于降落伞，从而帮助它安全落在地面或下方的树枝上。

## 龟和蜥蜴

大家都知道，行动最缓慢的爬行动物是龟。主要生存在加拉帕戈斯群岛上的巨型陆龟(最重可达270千克)是其中的典范。

世界上移动最快的陆生爬行动物是哥斯达黎加的尾巴多刺的鬣蜥，其身长为61～91厘米，爬行速度为每小时35千米。

爱尔兰，公元432年

著名的（错误的）民间传说：圣·帕特里克将蛇赶出了爱尔兰。据说他站在山上，用木杖将蛇赶到海里。这大概是一个象征性的故事，用蛇代表古老的异教。在将天主教传到爱尔兰的过程中，圣·帕特里克有效地消除了原有的宗教形式。

就严格的科学概念而言，爱尔兰从未有过蛇。大约10多万年前，爱尔兰还在茫茫的冰层之下。冰融化后，海平面上升，海水将爱尔兰与不列颠分开。当时，爱尔兰尚不具备适宜蛇生存的温暖气候。

## 身体苗条、行走快速的蛇

黑树眼镜蛇应获得行动最快奖。其爬行速度可达每小时16～19千米。

世界上最长的蛇：带网状花纹的大蟒蛇身长约10米。

## 有腿的蛇？

科学家已证实，史前的蛇生有微小的腿。1978年，地质学家乔治·哈斯在耶路撒冷附近发现了9700万年前的、长有两条粗短后腿的动物化石，他将其称为蜥蜴。最近，科学家对其骨骼再次检验，认为它是蛇与蜥蜴之间的过渡动物。这个发现对蛇只是从掘洞蜥蜴进化而来的理论提出了挑战，因为该化石是一只海洋动物。

## 坏名声

一般而言，蛇的名声很不好。想一想，蛇的哪些特征让人感到不舒服，并将这些特征写下来。我们表达对蛇的厌恶时，常使用哪些字眼?("恶毒的"就是一个例子)。从文学作品和神话传说中，你能想到那些"坏蛇"？关于坏蛇的恶名，你能提出哪些相反的论据？与同班同学进行一场辩论：一半"拥护蛇"，另一半"反对蛇"。

课 程 活 动

# 检查鳄鱼

## 南非圣卢西亚湖，1999年

鳄鱼皮的感觉如何?摸上去是冷的吗?鳄鱼的食量有多大?艾莉森·莱斯利博士可告诉你答案。过去7年间，她一直在南非的圣卢西亚河口从事尼罗河鳄鱼的研究，她希望自己的研究工作可以拯救这种濒危物种。

令莱斯利博士和她的小组成员感到幸运的是，相比吃人，鳄鱼更喜欢吃鱼。它们也会猎食湖周围的其他动物，如斑马、豪猪、羚牛，甚至是河马。成年鳄鱼有5米长，重达453千克，能以64千米的时速冲出水面，因此可在几秒钟内抓住猎物并回到水中。但是圣卢西亚湖的鳄鱼并非总是能忍受研究人员的打扰。莱斯利博士承认，她曾有过几次危险经历。她说："它们长着巨大的牙齿，强壮的双颚。如果你不慎选错了地方，就可能会成为鳄鱼的腹中之物。"

她曾被小鳄鱼（指体长不足1.5米的鳄鱼）咬过几次。有一次，一条巨大的雄鳄鱼对铝质研究船发动了攻击。幸运的是，舵手立即转向，快速地远离了鳄鱼的领地。

莱斯利的小组对鳄鱼的巢和卵尤其感兴趣。南非的鳄鱼一般在五、六月份交配，雌性在九、十月份产卵。与其他爬行动物不同的是，雌鳄鱼会一直守护着自己的卵，直至小鳄鱼出生，然后，还要照顾着小鳄鱼，以免它受到侵害。一条雌鳄鱼一般会产下25～100枚卵，然后将卵集中放在用干草和植物树枝搭成的巢内，巢上面再用泥覆盖。为了便于卵的孵化，必须将温度保持在27℃～34℃。

卵达到31.7℃时，将孵化出雌性;如果超过该温度，并且在34.5℃以下，将孵化出雄性;而超过34.5℃又会孵化出雌性。

通常，鳄鱼妈妈看到研究人员走过来，便会离开并躲到湖中的安全区域。如果某个鳄鱼妈妈突然回来，研究小组便会快速离开。

## 捕获鳄鱼

保护尼罗河鳄鱼的一个方法，是确保其食物不受污染。因而，莱斯利博士仔细研究了圣卢西亚湖鳄鱼的食物结构。一般来说，鳄鱼不吃不喝也能维持相当长时间。事实上，一条尼罗河鳄鱼每年大概只大吃50顿。因此，了解它们食谱的最佳方式是抓住它们，看一看胃里到底有什么东西。

捕捉鳄鱼并非易事。莱斯利博士的研究小组常常在夜间工作，用聚光灯照向水面，以发现鳄鱼的红眼睛。鳄鱼的双眼长在头的顶部，并且双眼靠在一起。这就赋予了鳄鱼双目视力，使其能够准确判定猎物所在的位置，并判断距离。一旦研究人员发现了鳄鱼，便将绳套用在其脖子上，然后拉上船。

对于较大的鳄鱼，则需要在湖岸上借助特别设计的诱捕陷阱进行捕捉。鳄鱼会跟着诱饵爬行，通过绳套后，会触动机关，从而使绳套套在鳄鱼的前、后腿之间。

被套住的鳄鱼一定会挣扎，因此研究人员用药物使它们入睡。然后，研究人员将一个特制的工具从其嘴巴导入胃部，这样就能获得样本。研究人员必须非常小心，以免损坏了鳄鱼嘴巴后部的腭门:当鳄鱼在水下捕捉猎物时，腭门可以封住气管。

## 拯救这些爬行动物

鳄鱼之所以濒临灭绝，主要是因为它们失去了很多栖息地。人们清理了湿地，在湖岸上建起了房屋，而这里原本是鳄鱼的筑巢之处。猎人也猎杀了许多鳄鱼，以便取用其身体的各部分：腿、尾巴、牙齿、脑壳等。据莱斯利所知，非洲当地的猎人猎杀鳄鱼是为了得到鳄鱼的体液。"胃酸和脑液具有无法想象的酸味，巫医收购后可作为灵丹妙药。"尽管每条鳄鱼只能赚到几美元，但一旦人们将其作为财源，那就危险了。

对鳄鱼了解得越多，我们越能更好地避免其灭绝。为了达到这个目标，莱斯利博士和她的研究小组将尽其所能地搜集有关尼罗河鳄鱼的更多信息。

## 与爬行动物一同工作

为什么不从事与爬行动物有关的工作呢？将研究爬行动物作为本职工作的人就是爬行动物学家。爬行动物学基本上要求了解动物的各方面，然后再专门研究爬行动物。要选择该职业，可能需要生物学学士学位，最好是硕士学位。

你是否对古老的、已绝迹的爬行动物感兴趣？如果是的话，可将古生物学作为一种选择。古生物学家研究恐龙的骨骼和化石，以了解恐龙的特征，并弄清当今爬行动物的演化过程。

作为护林员为国家公园和露天博物馆工作，也可接触到爬行动物。要记住的是，美国西南沙漠地区和佛罗里达大沼泽地的爬行动物最多。

### 拯救鳄鱼

生活在佛罗里达南部的美洲鳄也是一种濒危动物，目前，大约仅剩下500条。由于高速公路、滨水房屋以及移动式家庭公园的修建，美洲鳄的数量正在急剧地减少。偷猎也是原因之一。请调查佛罗里达埃弗格莱兹国家公园正在采取哪些措施来拯救美洲鳄。如果要由你安排，你应怎么去做？当地居民能做些什么？州政府呢？拟写一份建议书，并提出各级建议，提交给私有房主、当地企业、旅游者等。

课 程 活 动

# 这幅画哪里错了？

**阿拉斯加，1999年8月底**

你正在阿拉斯加的苔原上露营，欣赏着开阔、一望无际的风景和远处的驯鹿群。你四处闲逛，在沼泽中徜徉。沼泽是冰雪形成的，这里的冰雪在一年的大部分时间中都可见到。

令你十分惊讶的是，你在沼泽中碰到一根木头；你知道附近没有任何树木，所以俯身仔细观察起来。这下你敢肯定，它根本不是木头，而是一只短吻鳄。它从你身边慢慢地爬走，并在几米外停下。你环顾四周，看到了一个由泥和枯草搭起的土堆——可能是短吻鳄的巢。尽管你向巢穴迈进了几步，但你惊奇地发现，短吻鳄妈妈还停留在原地。

过了一段时间，你遇到了一位看似科学家或博物学家的人，因为他带着望远镜、笔记本及户外工具。你注意到短吻鳄与那个人在会意地点着头。他解释说，他发起了拯救短吻鳄的运动，将一些爬行动物迁移到阿拉斯加来了。他继续解释说，这种浸透水的环境是最佳解决方案，由于美国南部的人们每年都要清理森林修建房子，短吻鳄的自然栖息地越来越小。另一方面，未开发的苔原面积很大，因而在夏季，他将一些短吻鳄搬迁到此地，以确定它们能否繁殖。

听着，你发现这家伙根本不是科学家，而是一个十足的疯子。你为自己所看到的场面感到大为不安，因为这种迁移会造成灾难。请叙述你的论点和论据。

# Clues

请使用以下线索……

阿拉斯加苔原的简单资料：

- 夏季短暂：仅8个星期(七八月份)。
- 夏季平均气温：白天12.8 ℃，夜间0℃～4.4℃。
- 地面：一年中大部分时间为冰冻期；上层在夏季融化，
  形成浅湖和沼泽地。
- 降雨量：每年300～500毫米。
- 野生动物：水鸟、猛禽、哺乳类(旅鼠、鹿鼠、熊和驯鹿)、鱼。

答案请看第30页

# 非比寻常

## 我敢打赌，你一定不知道这些……

- 鳄鱼吃石头。吃石头有助于其消化，或者增加它们的体重以便于停留在水下。鳄鱼体重的20%可能是石头的重量。
- 毒蛇的叉状舌头无法刺伤其他动物，尽管其唾液可能有一些毒性。
- 黑树眼镜蛇的两滴毒液就可以杀死一个人。
- 根据响环数量，你可能无法判断响尾蛇的年龄。响尾蛇每次蜕皮时都会长出一个新的响环，一年可能蜕5次皮。同时，旧的响环会断裂。

- 鳄鱼的大脑最大只有雪茄那么大。
- 鳄鱼终生都在生长。
- "Alligator"短吻鳄一词来自西班牙语的"Largato"，意思是"蜥蜴"。
- 变色龙在捕食猎物时，会突然伸出极长的舌头。舌头尾端的黏液可黏住昆虫。
- 壁虎的卵可黏在木头上，在海中生存下来。因此，一些蜥蜴尚未到达的岛屿上已有壁虎存在。
- 斑点楔齿蜥要20年才能完全成熟。在产卵之前，要将受精卵携带一年之久。卵的孵化需要15个月。

## 与爬行动物相关的词语

来自爬行动物世界的常见词语：

**高领毛衣(Turtleneck)**：之所以这么叫，是因为它使我们想起了乌龟长长的脖子。

**鳄鱼的眼泪(Crocodile tears)**：生活在咸水地附近的鳄鱼，需要将渗入它们身体内的多余盐分排出去。因此，它们通过眼睛旁边的泪管分泌盐分。

**蛇状的(Serpentine)**：蜿蜒的、弯弯曲曲的。常用来形容路的形状。

## 智力测验

### 我们是谁？

许多人认为我们是两栖类，其实我们是爬行动物。尽管我们之中的许多完全生活在水中，但我们有着爬行动物的特征，其中包括发育完全的肺。我们家族中的软壳成员通过甲壳上的皮肤吸入氧气。

### 我是谁？

人们认为我无缘无故地就发动攻击，其实我只在感到有威胁时才这样做。当然，人们会感到紧张，因为我可将毒液喷出约2.5米远；如果人类的眼睛接触到了毒液，就会失明。

# 文学作品中的爬行动物

很久之前，世界上还没有电视机。当时，人们以叙述关于自然现象的故事作为一种娱乐方式。对于无法做出科学解释的自然现象，人们往往用神话这种方式加以解释。在神话和民间传说中，爬行动物频频出现，它们一般被看成神秘而危险的动物。

希腊神话中有两个最著名的例子。美杜莎是生有蛇发(头发是毒蛇)的女怪，人们非常惧怕她，因为凡是看她一眼的人都会变成石头。最后，希腊英雄佩修斯砍下了她的头颅，从美杜莎的血液中跳出了生有双翼的飞马——佩加索斯。妖怪瑟伯鲁斯与蛇也有关系。他是一只有3个头的狗，长着蛇尾，缠绕在脖子上，守着冥府入口。海克力士共完成12项英雄事迹，其中一个就是征服了瑟伯鲁斯。

传说的某些灵感也来自于想象中的爬行动物，例如龙。尽管没有人真正见过龙，但是关于这种口中喷火、令人恐惧的动物的故事还是被讲得栩栩如生，并且一代一代地流传了下来。那时，相当多的土地尚未开发，因此人们感到不安。他们一直在思考，在那些尚不知晓的区域存在着哪些残暴、危险的动物。有时，人们把情况设想得很坏。在关于英雄(如德剂格菲、圣乔治等)的传说中，龙也发挥了重要的作用，他们能杀死比自己大数倍、凶猛的、口中喷火的怪物，自然会成为不折不扣的英雄。

## 冷血的幽默

**鳄鱼最喜爱的芭蕾舞剧是什么?**
Swamp Lake(沼泽湖)(英文读音类似)
"Swan Lake"(天鹅湖))

**什么与巨蜥一样大，但没有任何重量?**
它的影子。

**青蜥蜴能做什么?**
呆在太阳下，直到成熟。

**你会用哪只手去抓毒蛇?**
其他人的手。

## 常见的误解

爬行动物一直是神秘的动物,可能这就是有那么多关于它们的来历和特征的故事的原因。尽管许多电影、卡通和书籍都叙述了人如何与恐龙交往，但事实上这是不可能的。人类出现于恐龙灭绝6500万年之后!如果认为所有的早期爬行动物都十分巨大，也是一种错误认识，大多数恐龙属中小型的。事实上，最小的一种(称为"始颌龙")仅有0.6米长，重约4千克。

许多人似乎认为眼镜蛇喜爱音乐，听到耍蛇者吹出的音乐后会跳舞。事实上，同所有的蛇一样，眼镜蛇也是聋子! 它们只是根据耍蛇者的动作而舞动，所有玄机尽在耍蛇者移动号角的动作当中。

蜥蜴的名声也有一些被玷污。一些人认为被它们咬后会中毒，事实上，几乎所有蜥蜴的撕咬都不疼痛，其中只有两种蜥蜴是有毒的。

# 她是个女孩

对于许多爬行动物而言(尤其是乌龟、短吻鳄及鳄鱼)，巢的温度决定着其后代的性别。如果巢较凉，将生出较多雄性；较温暖的巢将生出雌性。

有时，飓风会袭击海龟的繁殖、筑巢区。发生这种情况后，科学家就要为海龟建造人工庇护所，以保证卵的安全。在确定庇护所位置以及建造过程中，研究人员必须考虑到温度差异。

科学家应考虑哪些因素？你可以研究温度的影响因素，以确定从龟卵中孵出雌性，还是雄性。

假设你正生活在加勒比地区的一座岛上。飓风就要来了，你和同学们必须迅速为海龟建造起几个巢。首先，应选取最佳地点。

① 在教室或家附近选取三个干燥区域。一个区域终日有阳光；一个只是在部分时间有阳光；第三个则终日不见阳光。

② 将温度计放在各个区域的地面上，记下温度。简略记下可能影响温度的其他因素，如云、雨或风。

③ 选择一天记录气温，每30分钟记录一次。并将结果写在一张纸上。

④ 完成资料记录工作后，计算出各区域的最高、最低和平均温度。

⑤ 使用绘图纸绘出线条图：纵轴为温度，横轴为时间(每0.5小时为一个点)。列出各区域的温差情况(每一种温度使用一种颜色的铅笔)。

你需要：
三支室外温度计
绘图纸
彩色铅笔

绘图完成后，与同学或家人讨论以下问题：

● 哪个区域的平均温度最高？哪个最低？对于各个区域，影响温度的环境因素有哪些？

● 哪个区域会孵化出最多的雄龟？哪个会生出较多的雌龟？根据所收集到的资料予以解释。

● 如果这些区域一直保持潮湿状态，温度会受到什么影响？叙述你的理由。

讨论如下问题：雄龟或雌龟太多，会如何影响到当地的自然平衡。

---

### 第28页~29页"待解之谜"的答案

最令人怀疑的是短吻鳄的行为：当它看到你的时候，仍然移动得很缓慢，甚至在当你快要接近它时，仍然没有挺身而出的意思。大多数雌性短吻鳄都会尽其所能地保护自己的巢穴，以避免外来干扰。但这条雌短吻鳄却由于置身于冰冷的水源地之中，为了节省自己的体力，本能地使自己变得极为迟钝。由于苔原终年酷寒，河水冰冷，那位"博物学家"认为短吻鳄能在这样的环境存活的想法，简直是无比疯狂。这里到了八月底温度便会开始下降，到了冬季，大地更是覆满冰雪，在春天来临之前，小型哺乳动物都处于冬眠状态，水鸟会南飞过冬，白昼变得短暂。短吻鳄不仅会失去其食物来源，而且其习性也必须彻底改变。没有充足的日照，短吻鳄将无法获得足够的热量以维持生命。最不利的是，短吻鳄的卵的生存温度在28℃～34℃之间，而此地的低温可能导致卵无法孵出。

### 第28页"智力测验"的答案

海龟与陆龟
眼镜蛇

# 鱼类和两栖动物

# 鱼类和两栖动物

距今约5.4亿年前，陆地和海洋还没有任何植物和脊椎动物。在这样的环境中，演化出了一类没有牙齿、无颌且无鳍的古老而原始的脊椎动物，并成为地球上1亿年间的主要生命形式。之后，伴随着鱼类的出现和演化，物种的多样性大大地提高了。

大约1.95亿年后，另一类动物尝试登陆获得成功，它用肉叶状的偶鳍在陆地上爬行，用鳔呼吸，这就是我们今天所见到的两栖动物的祖先。

除了历史悠久外，鱼类和两栖动物还有许多共同点。它们都属于脊椎动物，而且绝大多数的种类都生活在水中。

鱼类离不开水，而两栖动物则可以在水中或陆地上生存。事实上，两栖动物的英文名字"amphibian"就是由两个希腊字组成的，意思是"两种生活"，用以说明这种动物一生中有些时间生活在水中，其他时间则生活在陆地上。

鱼类和两栖动物的另一个共同点是：它们都是冷血动物。换句话说，鱼类和两栖动物本身不能有效地调节自己的体温。它们的体温通常比外部环境的温度略低一些，这样才能防止体内的水分流失。在水中产卵是大多数鱼类和两栖动物的繁殖方式。如果你认为这两类动物几乎相同的话，下文将会改变你的想法。这两类动物有许多足以将它们区分开来的特征。

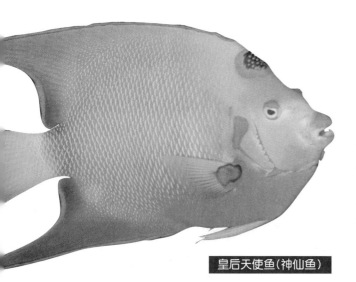

皇后天使鱼（神仙鱼）

## 什么是鱼类？

大多数鱼类：
- 生活在水中。
- 用鳃呼吸。水流经过鳃部时，与毛细血管网中的血液进行气体交换。
- 体被鳞片，形成薄薄的保护层。
- 利用鳍保持身体平衡。

# 什么是两栖动物？

大多数两栖动物：

● 具有四肢。

● 皮肤潮湿黏滑或者干燥多疣。

● 用肺呼吸，但皮肤也可以进行气体交换，弥补肺呼吸的不足。

● 栖息在水域附近，以保持皮肤湿润。在无水的环境中，会窒息而死。

牛蛙

埃氏剑螈黄眼亚种

# 不耐烦的蝌蚪

## ——与蝌蚪的对话

问：现在，我们正坐在池塘边与一只蝌蚪闲聊。可以告诉我们鱼类的生活怎么样吗？

答：我不是鱼！我永远都不是鱼！我是两栖动物……听着，事实上我是一只正在发育中的青蛙。

问：我有些怀疑，你看起来的确像鱼。你生活在溪流中，而且你有鳃，还有鳍状的尾巴，眼睛又没有眼睑。你还是明白告诉我，鱼类和两栖动物到底有什么不同？

答：说句实话，这太容易区分了！鱼类一生都生活在水里。我们两栖动物既可以生活在水中，也可以生活在陆地上。事实上，两栖动物的幼年时期大多待在水中，成年以后则偏爱待在陆地上。不过，就算是成年以后，我们也需要住在水边，这样我们的皮肤才不会太干燥。

问：真的？你们两栖动物全都是这样吗？

答：不对，不对！两栖动物总共有三个类群：蛙和蟾类，蝾螈类，以及没有四肢的无足类。你大概对无足类一无所知吧；在我们的大家族中，它们的名气最小。

问：没有四肢？听起来像是鱼嘛。

答：不，不。除了没有四肢这一点外，它们与其他两栖动物十分相似。听着，我知道你们人类为什么会将鱼类和两栖动物混为一谈，因为我们之间的相似处实在太多了。我们喜欢水，我们全都是冷血动物……你知道吗？一旦我们生活的水域变热或变冷，我们的体温也会随着改变。

问：对，这么说来，将鱼类和两栖动物混为一谈，似乎有点道理。难道你不这么认为吗？

答：才不呢，我们就不会将你们人类与鱼类混为一谈，对吧？鱼类和两栖动物是完全不同的两个纲。现在，虽然我全部时间都待在水中，像鱼一样在水中用鳃呼吸；但这只是我生命中的一个阶段！以后将会完全不同。

问：好吧，我明白了。那么你希望长大后变成什么模样呢？

答：一只青蛙！两三个月后，我的肺将会完全长好，那时就可以离开水呼吸了。同时，我的尾巴会消失不见，而且还会长出四条腿。等到10个星期大的时候，就是我登上陆地的日子了。（叹息）不过我还是希望这种转变能容易一些，因为我说过从来不会离开水边太远。

问：但是，蟾蜍也是由蝌蚪变成的。你怎么知道自己不会变成蟾蜍呢？

答：拜托，我的父母是青蛙。我

想你目前无法了解这一点。但是一旦我变成青蛙，你就会很容易分辨出我与蟾蜍有什么不同了。我想青蛙在人们眼中要漂亮多了。身为青蛙，我会跳跃，还拥有一身光滑的皮肤。与之相反，蟾蜍则是满身疙瘩，跳起来也不够好看。

问：我知道了。那所有的蝌蚪都住在池塘中吗？

答：我是住在池塘中啦，不过任何比较温暖的水域，例如小溪、河流、湖泊，对我们蝌蚪来说都是适合居住的好地方。我们的生存能力很强，地球上任何地方，只要一年之中有一段时间有温暖的天气和水，我们就能够生存。雨林地区则是我们的乐园，那里不但雨量充足，而且相当温暖，对于我们的生长大有帮助。

问：你吃什么？

答：我是个素食者。我喜欢吃水藻。如果你想把我带回家的话，来一点煮过的生菜叶我也会十分欢喜。我是很容易照顾的。

问：看来你是个不错的客人

答：这么想一点儿也不错。我也是一个好邻居。我讨厌独来独往，但是自从我孵化后就一直孤军奋战，我的童年可不好过。我住的这条溪流中及附近有许多动物，例如鱼、甲虫、蜻蜓等都对我虎视眈眈，想将我生吞下肚。当我还在卵中时，我真的是毫无还手之力。

问：真是艰辛。

答：对，但这就是生态系统。我们生活在一起，并付出最大的努力。我们蝌蚪是伟大的生产者，我们承担着双倍的责任。我们为此感到骄傲。

问：嗯？你吃植物，应该是消费者吧。你生产出什么啦？

答：听着，我是吃了一些植物，但那是生活，我的生活。但我可

是制造出了最好的礼物，那就是我自己。附近一些讨厌的动物必须靠我们果腹才活得下去，此外，我还创造出了全新的自我——青蛙。也就是说，我可以达到双倍的生产效果。

问：嗯。如此看来，无论是蝌蚪或是青蛙，你总是设法在两个世界中都做到最好。

## 虚拟问题

蝌蚪具备了哪些鱼类仅能在梦中实现的优势？反过来呢？比较鱼类和蝌蚪在结构上的异同处。将你的结论以维恩图（用圆表示集与集之间关系的图）表现出来。

课 程 活 动

# 鱼类和两栖动物的规模

## 理清头绪

现存的两栖动物有4 200余种，分为三个完全不同的类群：

**蛙、蟾类**

约有3 800种。体形短宽，没有脖子，后腿强健，适于跳跃；足有蹼，适于游水；舌长而黏滑，适于捕食。

**蝾螈类**

约有340种。有脖子，四肢细弱、有尾巴；皮肤光滑。

**无足类**

约有75种。皮肤光滑；穴居生活；形似蚯蚓；颌部长有牙齿。

## 大小

鱼类的种类之多令人称奇，目前已知的种类超过22 000种。这个数量是其他脊椎动物所远远不及的。成鱼在体型上也相差甚远，有小如斑点的小虾虎鱼，也有大如喷气式战斗机的鲸鲨。

| | |
|---|---|
| 菲律宾小虾虎鱼(最小的鱼) | 0.8厘米长 |
| 狮子鱼 | 40厘米长 |
| 普通欧洲鲤鱼 | 1米长 |
| 鳐 | 2米长 |
| 鳗鲡 | 3米长 |
| 鲟(最大的淡水鱼) | 5米长 |
| 狐形长尾鲨 | 6米长 |
| 鲸鲨(最大的咸水鱼) | 15米长 |

## 体内纪实

鱼类和两栖动物的体内有许多相同的器官：心脏、肝、肾、胃和胆囊等。但鱼类的肠管分化不明显，两栖动物的肠分为大肠和小肠两部分。此外，鱼类和两栖类的心脏构造也不同。两栖动物成体的心脏可分为动脉圆锥、心室(1个)、心房(2个)和静脉窦四部分。在肺经气体交换后的多氧血汇入左心房，其余身体各部的血液(主要是乏氧血)都流回静脉窦，静脉窦与右心房相通。心室中的血液为混合血，被压送至身体各部分。鱼类的心脏由心室(1个)、心房(1个)、静脉窦三部分构成。静脉窦收集身体各部分(除鳃以外)流回心脏的缺氧血，心室将血液压送至鳃部进行气体交换。

**两栖动物的心脏**

自身体各部流回
压送至身体各部
左、右心房
自肺部流回
心室

**鱼类心脏**

自身体各部流回
压送至鳃
心室
自身体各部流回

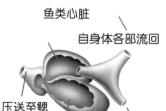

## 最快的鳍

有些鱼类的游泳速度远远超过其他鱼类。下表所列是某些成鱼的平均泳速：

| | |
|---|---|
| 金鱼 | 5千米/时 |
| 蛙鱼 | 13千米/时 |
| 狗鱼 | 25千米/时 |
| 鳟鱼 | 35千米/时 |
| 鲨鱼 | 36千米/时 |
| 金枪鱼 | 80千米/时 |
| 箭鱼 | 96千米/时 |
| 旗鱼 | 109千米/时 |

## 谁是谁

你能区分陆蟾蜍与佛罗里达豹蛙吗?如果不能,下表可以帮助你鉴定。

| 蟾蜍 | 青蛙 |
|---|---|
| 后肢相对较短 | 后肢长 |
| 皮肤粗糙且多疣 | 皮肤湿润且光滑 |
| 在水中的时间很少 | 在水中的时间比蟾蜍长 |
| 爬行或短距离跳跃 | 跳跃 |
| 无牙齿 | 上颌有牙齿 |
| 鼓膜小 | 鼓膜较大 |
| 后足无蹼 | 足有蹼 |

## 附加信息

两栖动物大多有肺,但多数的鱼类则没有。相反,许多鱼类的腹腔内有鳔。这个囊状器官内充有来自身体血液的氧气、二氧化碳以及氮气。鳔的作用就像救生衣,可以让鱼类在想要穿梭的水层中保持直立。对于某些鱼类(如图所示的玻璃鱼)来说,鳔还具有扩音作用。许多鱼的鳔具有与食管相通的鳔管,这些鱼可以通过调节鳔中的气体量来改变所受浮力的大小,从而在水中上下穿梭。没有鳔管的鱼类通过血管调节鳔中的气体量:血液既可以"分泌"气体,也可以吸收气体。

## 灭绝

两栖动物是能够反映出环境变化的指示性物种。由于它们的部分呼吸作用必须经由皮肤完成,因此对于辐射、栖息地破坏及污染等危害环境的因子相当敏感。科学家认为,两栖动物最先对环境恶化做出反应。最近20年间,两栖动物的种类已日渐减少,有些种类甚至已经灭绝。

科学家发现酸雨、臭氧层的破坏及其他化学污染源,可能是许多两栖动物灭绝的元凶。

### 快来参加

设立青蛙网的目的是教育大众正视两栖动物减少及畸形。欢迎上网查询(网址是www.frogwed.gov),并点击"认养一个青蛙池塘"(Adopt a Frog Pond),就可以知道如何尽自己的力量来协助这个研究活动。想要深入了解它们的工作内容,你可以自己收集青蛙生理结构的相关资料(正是这些结构使青蛙成为环境变化的指示物种)。

课 程 活 动

# 毒液的力量

## 火辣的感觉

几乎所有青蛙和蟾蜍的皮肤腺体中，都含有用来自卫还击的毒液。这些毒液大多毒性温和，只是用来吓退攻击者。虽然如此，有些两栖动物的毒液如果溅入攻击者的眼睛或口中，也会引起难以忍受的灼痛感。毒性较强的毒液，甚至可以导致心跳异常、肌肉抽搐或呼吸困难。难道说两栖动物连摸都不能摸了？事实并非如此，不过必须谨记，一旦触摸后，必须要洗净双手，否则不可接触自己的眼睛和嘴巴。

许多有毒的青蛙和蟾蜍都有异常明亮鲜艳的体色——这种天生的警戒色可以警告入侵者"有毒勿近"。

## 恐怖的小东西

生活在中南美洲雨林地区的箭毒蛙，体型非常小，体长介于1～5厘米之间。即使是最大的箭毒蛙也只有人类的中指那么长！这些小东西却威力惊人：遍布皮肤的腺体中，藏着所有两栖动物中毒性最强的毒液。一只金色箭毒蛙一次射出的毒液，足以杀死8个人。

### 伊利诺州芝加哥市，2000年

谁愿意服用与箭毒蛙身上的麻痹性毒液类似的药物？艾博特（Abbott）实验室的科学家基于对箭毒蛙毒液的研究成果，研制出一种镇痛药剂。尽管目前仍处于测试阶段，但这种新药的镇痛效力似乎比现有的任何镇痛药品都要高出200倍。

### 南美洲哥伦比亚，2000年

乔科部族的人将箭毒蛙的毒液涂抹在打猎用的箭头上。为了能安全取出毒液，乔科人在火上架好干柴，然后将箭毒蛙放在柴堆上。热气迫使箭毒蛙的毒腺释放毒液，然后乔科人再把箭毒蛙钉在地面上，并从其背部的毒腺刮取毒液。从一只小箭毒蛙身上刮下的毒液通常可以涂抹50支箭头。取出毒液后，乔科人会将箭毒蛙再放回到雨林中。

## 毫不留情的鱼

石鱼(下图)可能是世界上最毒的鱼。其剧毒的毒液让敌人望而却步。这种鱼的毒液藏在皮肤及与背部的剃刀状鳍条连接的袋囊中。一旦受到攻击或遭误踩，石鱼会将棘刺压进攻击者体内，并将毒液注入伤口中，通常会导致对方麻痹或死亡。这种30厘米长的鱼类生活在印度洋和太平洋中。

## 蟾蜍的毒液

蟾蜍眼睛后方的两个突起腺体，以及皮肤上的疣都会分泌毒液。类似上图所示的阿尔蟾蜍一样的大型蟾蜍的毒性较强。其毒液可以让中型狗一般大小的动物麻痹或死亡。

## 危险的魟

魟的尾部长有一根锯齿状的长刺。一旦遭到攻击或干扰时，就会以长刺猛烈还击；同时将毒液注入对方的伤口内。虽然毒很少会致敌死命，但却会引起剧烈疼痛。魟可以长到2米长，1.5米宽。它们通常会将部分身体埋在浅水地带的沙土中。

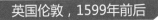

### 英国伦敦，1599年前后

诗人威廉·莎士比亚在其戏剧《皆大欢喜》中曾提到蟾蜍石。

"蟾蜍尽管丑陋有毒，然而头上却带有珍宝。"

什么是蟾蜍石?古人相信蟾蜍的头上藏着一颗具有魔力的灰色或棕色石头。这颗所谓的"宝石"其实是个大毒腺。旧时常从蟾蜍身上取下毒腺，作为珠宝佩戴，据说当佩戴者中毒或被魔法所惑时，这颗"宝石"会改变颜色。

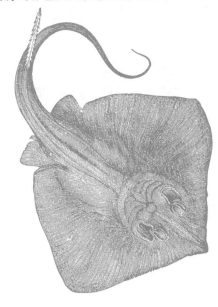

# 卵细胞的冒险

　　大马哈鱼的一生可以说是历经艰辛。它们必须从溪流中的出生地一路游到海洋中，然后再溯游返回原栖息地。银大马哈鱼往返于阿拉斯加北部、加拿大不列颠哥伦比亚省、华盛顿州和太平洋东北部与阿拉斯加湾之间。受本能的驱使，这些鱼必须返回其出生地交配和产卵。每条大马哈鱼一次可以产下4 000枚卵，这些卵又发生什么事呢？我们来看一看。

## 第一个月

　　银大马哈鱼的卵和豆子差不多大小。胚胎发育到一个月时，长出黑色圆点状的眼睛。大马哈鱼一般将卵产在河床的碎石下。

## 第二个月

　　三个星期后，大马哈鱼卵中的胚胎开始快速转动，卵膜最后终于破裂（见右图）。通常，尾巴最先孵出。

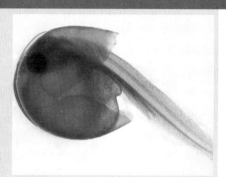

　　大马哈鱼的仔鱼摆脱卵膜之后，仍待在碎石下面。卵膜在水中漂浮，最后不是分解就是被其他动物吃掉。

　　仔鱼的眼睛看起来相当大，因为眼睛已完全发育。但为什么它的腹部也这么大呢？原来，仔鱼的卵黄囊还在（见右图）。由于它还无法自己觅食，因此自出生之后，一直由卵黄囊供应养分，必须等到能自食其力时，卵黄囊才会消失。

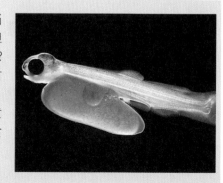

# 你知道吗？

大马哈鱼在淡水中孵化后，会游到海洋咸水中，然后再返回原来的淡水中产卵。它们的身体如何能适应这种改变呢？从海洋回游到淡水之前，大马哈鱼的脑部开始向身体发送出特别的激素，这可能是因日光或温度的变化所产生的反应。这些激素中的一部分会让大马哈鱼的肾改变对血液的处理方式，从而使血液更能适应淡水环境。其余的激素则会对体细胞产生影响，让这些身体细胞能够应付盐分较低的淡水。与此相反，当大马哈鱼从淡水游向海洋时，这些激素也会帮助身体适应高盐分的环境。

成年的银大马哈鱼

## 第三个月

卵黄囊的食物用完了。随着卵黄囊的消失，腹部变得平坦。没有大腹便便的束缚，它们已能从碎石下面游出来，加入鱼群中自由地游来游去。它们现在已长到2.5厘米长，称为幼鱼。

## 一 年

一岁大时，大马哈鱼已经长成(见下图)，现在称为稚鱼。稚鱼已准备好要长途迁徙至海洋，并在海洋中继续成长为成鱼(上图)。成鱼的脸、颌和鳞片都会更大，银色的身体也会更长更壮，颜色也更为亮丽。发育成熟的成鱼，其体型已长为稚鱼的两倍大，且身体变成红色，夏季到来时，它们便踏上了溯游的归程。一路上不仅要逆流而上，还得躲开掠食者的捕食。如果能全身而退，就能如愿地在出生地产卵了。和所有的大马哈鱼一样，银大马哈鱼在产卵后不久即死去。

### 生活史？

为两栖动物的生命周期制作一张时间表。并利用插图或图片来说明各个关键成长期。然后，将完成的周期表与这两页的周期作一比较。每个周期对于物种生活方式的形成有多少影响？

课 程 活 动

# 食人鱼群的首领

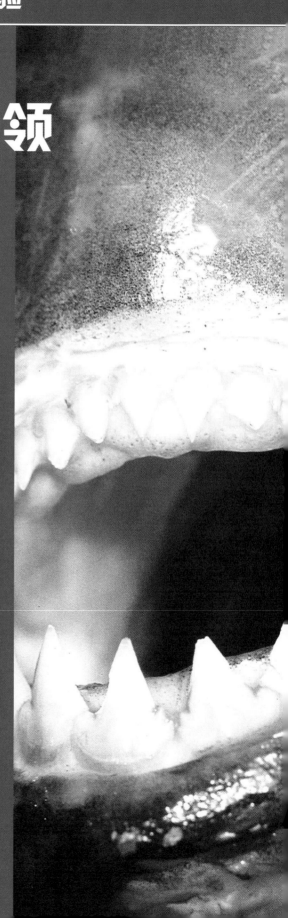

清新的水流，带点儿令人兴奋的气味。你 ——
一条夏季的食人鱼，周围游动着的是同伴们银青色的
强壮身体。你是秘鲁乌卡亚利河中最大、最健壮的食
人鱼。还有比这更好的生活吗？

假设你现在有点儿饿。你想到了某条支流中有
个隐蔽的地点，那里的水底聚集着许多鱼，它们正忙
着吞食从河边树上落下的果实和种子。你靠着自己良
好的嗅觉寻找到这条支流。其他食人鱼则纷纷尾随而
来。它们知道最好别靠你太近，就像所有的食人鱼一
样，你不喜欢别人侵入自己的空间。最让你生气的事
就是它们吓到了你，或者紧紧跟在你的后面。这会让
你烦躁不安，你通常会追得它们团团转，让它们知道
谁是老大。

当你在支流中穿梭时，你发现这条浅浅的水道显
然空气不足，让你有点儿不舒服。不过对食物的渴望
还是促使你继续前进。

就在前面！眼前那些脑袋上长着须的长长的黑身
影，不就是鲶鱼吗？它们正啃食着瘤状树根附近的垃
圾。数量虽然不多，却正好开胃。

你加快了速度并开始攻击。第一次撕咬，满嘴中
只有一小口肉，其他都是鱼鳍。暗红色的血液从鲶鱼
身上汩汩地冒了出来，周围的空气中充满着血腥味，
你趁势快速攻击。饱餐一顿后，剩下一些无法消化的
骨头沉到了河底。剩下的鲶鱼被周围的同伴所分享，
没有留下一点儿残羹剩饭。

你带领鱼群开始了另一次冒险之旅，游到一个
满是小鱼的湖泊中。在炎热的热带夏季期间，你通常
会在那里消磨时日。等找不到可以果腹的食物时，你
决定再到其他地方试试运气。你寻找河流的入口，以
便找到回家的路，但是河道逐渐变窄，成为一个浅水
塘。你只能嗅到远方河流的一点点儿气味，那儿才是
你的家。

第二天，经过短暂的休息后，你在湖泊中四处
游动，觅食小鱼、果实，以及任何能充饥的东西。湖

食人鱼可以长到33厘米长

水正慢慢枯竭，那些体弱的同伴也一个接一个地死去。突然，你感觉到水中产生了压力浪，有大型动物下水了……你实在太饿了，就算是那些奇怪、无鳍的人类，味道应该也还不赖。尽管不是第一选择，但是饿到这种程度也无法挑剔了。无论如何，压力浪通常就代表着丰富的食物。于是，你抢先赶到那儿。

一只毛茸茸的大水豚正在泥水中不断扭动。一般情况下，这种45千克的啮齿动物不是你的首选食物，但眼前的情况是：它受伤了，而你正饿。你和你的同伴一起撕咬、吞咽，直到这只庞大的动物除了湿透的毛茸茸的毛和骨头外，什么都不剩。

吃饱喝足后，世界看起来又是那么美好。数天后，这条支流的水将再度涨满，那时你就可以带领着同伴游回那充满香甜气息的故乡之河了。

### 幸福的猎食者

找出使食人鱼成为一流猎食者的结构特性。你认为这些结构与陆地猎食者所依赖的结构有什么不同？

课 程 活 动

毛茸茸的水豚看起来就是食人鱼的一顿美食。

# 海风吹拂

1941年，当拉希尔·卡森出版第一本书《海风吹拂》时，她还是美国鱼类及野生生物局的一位作家。在这本书中，卡森以大自然为题材，开创了一种全新的写作方式。她将自己的科学研究活动与叙述体结合起来，以半诗歌、半科学的写作方式，让生态系统以及人们陌生的海中生物顿时鲜活起来。在这篇节录中，卡森将为我们介绍一条名字叫"斯卡博"的鲭鱼。通过这个故事，可以看出猎食者与猎物之间的复杂关系。

斯卡博及其他约50 000枚鲭鱼鱼卵首次登场，与读者见面。斯卡博孵化后，我们将一路跟随，看它如何躲避成群的猎食者，而不被吃掉。

在海面上，斯卡博首次感受到遭猎食的恐惧……清澈蔚蓝的海水中，突然出现一群泛着银光的鱼。它们是形似鲱鱼、体型不大的鱼。为首的鱼发现了斯卡博后，离开它的队伍，一个转身就冲到鲭鱼群面前，张大嘴巴，准备捕食这条小鲭鱼。斯卡博受到惊吓而转向，但它的游泳技术才刚学会，因此在水中笨拙地打着滚，眼见就要命丧鱼之口。幸好，第二条鱼迎面而来，并与第一条鱼撞在一起。在混乱当中，斯卡博从它们后面溜走。

斯卡博戏剧性地躲过一劫后，接着读者将陆续见识到蓝鲑、海鸥、栉水母，以及斯卡博的其他天敌。

一群年轻的蓝鲑鱼已经嗅到了鱼的味道，一路疾驰追赶。眨眼间已追上了猎物，其凶残的面目与狼群无异。为首的蓝鲑带头猛击，它那如剃刀般锋利的牙齿一张口就咬住了两条鱼，只剩下两个被戛然切断的鱼头和两条鱼尾漂流而去。水中弥漫着血腥味。受到这种味道的刺激，蓝鲑发狂般地左冲右撞。它们钻进鱼群中追赶，较小的鱼被冲得七零八落，四散奔逃，根本分不清方向。许多鱼跃出了水面，想赶快逃离这个杀戮战场，但却又成为盘旋的

**鲭鱼**

海鸥——蓝鲑鱼的同盟军猎食的目标。斯卡博继续着它的旅程，为了生存它也必须要猎食。

斯卡博往下深潜，发现一大群脑袋大大且身体透明的甲壳类幼体，那是它的食物。这些幼体孵出还不满一星期。……小鲭鱼群正在捕食这些幼体，斯卡博也加入。它抓住了一只，先用嘴巴挤破其透明的身体，再吞咽下肚。尝鲜后的斯卡博胃口大开。它在四处漂游的幼体群中猛冲猎食；现在，饥饿感已主宰一切，对于大鱼的恐惧心理早已抛到九霄云外了。

栉水母

读者将目睹一场九死一生的战斗。

斯卡博的本能告诉它危险正在逼近，尽管在它的幼年生活中从来没有见过栉水母——所有幼鱼的天敌。

突然，有条绳子状的东西快速地从上面放了下来，那是一只触手……并且迅速延伸，沿着斯卡博的尾巴绕成一圈……斯卡极力想挣脱，它用鱼鳍使劲打水，身体也剧烈摆动。然而，一切努力都无济于事，触手还是将它拖往栉水母的口边，越来越近。如果是其他时候，斯卡博一旦被栉水母的触手抓到，一定会被塞进口中，在胃内被消化掉。然而，它现在非常幸运。虽然栉水母抓到了它，但并没有那样做，因为，它正忙着消化另一餐(鲱鱼)。

这时，斯卡博眼前突然一黑。一个鱼雷状的庞大身躯赫然出现在水中，并张开如黑洞般的大嘴将栉水母、鲱鱼，以及鲭鱼斯卡博全数吸入。原来这是一条两岁大的海鳟，它熟练地用嘴巴将栉水母水状的身体压碎，但旋即又嫌恶地反吐出来。斯卡博就这样得以逃脱，但由于疼痛和精疲力竭已经半死不活。不过，最后它还是从死的栉水母触手中挣脱出来。

通过这个故事，卡森塑造了一个英雄式角色斯卡博，同时也从中传达出这样一个信息：海洋中的生物，只有一部分个体能够历经艰险存活下来；这些幸存者肩负着种族繁衍的重任。

### 生命网

上文生动地描述了一个以鲭鱼斯卡博为中心的食物网。现在，请以某种鱼或两栖动物为例，说明其食物网的构成。

   课 程 活 动

# 千奇百怪

棕色带斑点的皮肤，使斑泥螈与河床的背景融为一体。

鱼类和两栖动物的世界：

想想看，是什么让鱼类和两栖动物显得如此与众不同？再想一想，为适应某种独特的生活方式或环境，有些鱼类和两栖动物具有特别的适应能力。

## 呼吸或不呼吸

按照定义，两栖动物是指既可以在水中、也可以在陆地上生活的动物。但是，有些两栖动物却因为没有肺而必须终生都生活在水中。斑泥螈和鳗螈都用鳃呼吸，而两栖鲵则以环形的鳃孔呼吸。即使没有水，它们也能活下来，但要艰难一些。当浅水塘中的水干涸后，只要天气潮湿，两栖鲵还能再活上一段时间。斑泥螈和鳗螈则会钻入淤泥中，直到水塘中再度充满水为止。

许多水生两栖动物的体型和斑纹与其水下的栖息环境密切相关。斑泥螈带有斑点的棕色皮肤可以帮助它与河床融为一体。形似蛇的鳗螈有长长的身体，只有粗短的前肢，没有后肢，这种体型使它在水中游动自如。两栖鲵也有蛇状的身体和细小的四肢。还有一个奇怪的现象是：鱼都用鳃呼吸，但是肺鱼却用"肺"呼吸！在温暖的热带地区，每年总有不同河流、湖泊会连续干涸数月，大多数水栖动物会因此而断送性命。但是肺鱼却能钻入泥中，用泥浆裹覆身体来保持水分，并在地表上留下小小的通气口。

弹涂鱼(见右页上图)可通过皮肤吸入氧气。当它们在水中时，鳃的功能与其他鱼类无异。但离开水面后，其特殊的鳃腔中会充满水，使鳃得以保持湿润与发挥功能，一次可以持续几个小时。攀鲈有一个特别的结构：鳃上呼吸器官。当它上岸寻找另一个水坑时，这个结构可以用来呼吸空气。

弹涂鱼以胸鳍在泥地上移动。

# 在水上行走

许多可以离水呼吸的鱼类，也拥有可以在旱地上运动的结构。例如肺鱼利用腿状的偶鳍就可以在干涸的河床或湖底上移动身体。弹涂鱼凭借胸鳍也可以在地面上运动。弹涂鱼一名，即得自于其在泥滩上移动时的弹跳动作。

此外，攀鲈也是一例。当它往来于水池之间时，会将强壮的尾巴撑在地面上，然后向前推动胸鳍。攀鲈可以离水呼吸，其著名的特征就是能离开水域一长段距离，甚至爬树！若是退潮时，攀鲈还搁浅在岸上，就可以利用其强壮的胸鳍在地面上移动，返回水中。

有些深水鱼能"直立"移动。短吻三刺鱼的一对腹鳍及尾鳍长而特化，犹如三条腿。

# 去钓鱼！

你曾听过会钓鱼的鱼吗？种类超过250种的鮟鱇会利用"钓具"作为诱饵，来捕食其他的鱼。这种又长又细的钓具突出于鮟鱇的头顶，通常有羽状的尾端以吸引猎物。钓具就算是在拖拉猎物时受损，还可以再生。

黑海龙海蛾鱼(一种深海鮟鱇)以另外一种方式诱捕猎物，其钓具上寄生有发光细菌。在漆黑的海洋深处，被发光细菌发出的光吸引过来的鱼成了它的美食。

琵琶鱼可用诱饵吸引猎物上门。

## 同中有异
制作维恩图，以方便比较鳃与肺。为什么有些鱼拥有"肺"？为什么两栖动物有鳃？

课 程 活 动

# 温馨的家

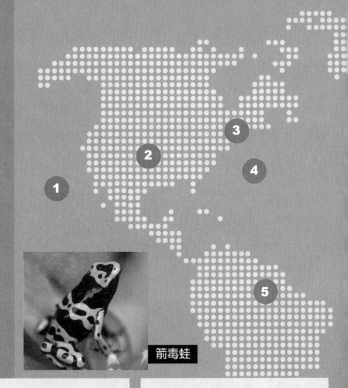

箭毒蛙

我们所处的世界相当复杂，其中的生态系统五花八门。每一个生态系统为其中的动植物提供所需的一切，掠食者和猎物之间的关系则牵涉到复杂的食物网，并互相影响。从这张地图所标示的地区，可以看出鱼类和两栖动物如何维持巧妙的平衡关系。

**1 深海** 栖居在海洋最深处的鱼类在其他地方根本看不到，蝰鱼就是其中之一。蝰鱼生活在缺少光线的海底，并进化出一系列适应性特征，具有"钓具"便是其中之一。"钓具"是由鳍条延伸、突出而成，"钓具"的末端还有发光器官。这个发光器官会一明一灭地闪动，以吸引小鱼虾上门。

**2 索纳伦沙漠（美国西南部和墨西哥）** 流经该沙漠的河流蕴育了约60种鱼类。其中有些鱼以河流沿岸的蟾蜍、蝌蚪为食。为了躲避高温，蟾蜍与泰兰多毒蛛共住一洞，并且以吃掉那些威胁毒蛛卵的蚂蚁和小黄蜂作为回报。

**3 东部的林地水塘（佛蒙特州）** 林地附近的水塘和其他较大的水域中栖居着各种鱼类和两栖动物。鲈鱼、鲤鱼等鱼类捕食昆虫、小鱼和蝌蚪，鲤鱼也吃植物。水塘中的蝾螈则觅食蠕虫、昆虫，以及包括两栖动物和鱼类在内的其他小动物。

**4 切萨皮克湾河口（马里兰州和弗吉尼亚州）** 河海交汇的河口地带是一个半封闭的滨海水域。由于环境不稳定，因此整年都生活于此的物种不多。夏季时，约有300种鱼类栖居在这个世界上最大的河口；但是终年生活在此地的鱼类却不到30种。大鱼以小鱼和甲壳纲动物为食；小鱼则捕食甲壳纲动物和浮游生物。由于海湾附近均是湿地，因此也是两栖动物的理想栖息地。

**5 亚马孙雨林** 亚马孙河流域，除了锯脂鲤外，还有大约5 000种其他鱼类。它们的食物有掉落水中的坚果、果实和浆果，以及体型比自己小的鱼类。在这样温暖潮湿的环境中，河流终年不绝，食物充足，因此包括箭毒蛙在内的两栖动物种数也相当可观。

**6 尼罗河** 在这条世界上最长的河流中，共栖居着100多种鱼类，也吸引了大批的鸟来此捕食小鱼。尼罗尖吻鲈可以重达91千克，长度平均可达1.2米，像这类较大的鱼，则成为人类的盘中餐。这些大鱼的食物来源丰富，从水生植物到昆虫、小鱼，几乎无所不吃；其天敌只有人类。

**7 阿拉布科——索科科森林洞穴（肯尼亚）** 在这个多样化的生态系统中，栖居着各

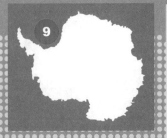

**9** **威德尔海（南极）** 尽管天气寒冷，鱼、鸟、鲸、企鹅和海豹已适应了这处看似不佳的栖息地。磷虾以浮游植物为生，企鹅、较大的鱼以及海豹则捕食磷虾。栖居在这里的鱼有银鱼和南极鲱鱼。这个生态系统中没有两栖动物。

种各样的鸟类、爬行动物、哺乳动物及两栖动物。小负子蟾的母蟾将卵产在有水的椰子壳中，这些椰壳是由参观洞穴的游客所留下的。如同所有的两栖动物，掠食者的体型决定了所捕食猎物的大小。这种小蟾蜍以白蚁和小昆虫为食。

鹦嘴鱼

**8** **大堡礁** 由珊瑚、岩石和沙构成的大堡礁是世界上最大的珊瑚岛，也是生物的杰作。包括天使鱼、小丑鱼、鹦嘴鱼、刺魟、蝴蝶鱼等超过2 000种的鱼类有各自的食物来源，如浮游生物、小鱼等。刺魟以软体动物、甲壳动物等无脊椎动物为食。

## 作为掠食者的人类

对人类来说，鱼是重要的食物。下表是各地区1993—1997年的捕鱼量，由这些数据可以看出捕鱼量已逐年下降。计算出每一地区捕鱼量的下降百分比，并利用该百分比(或者由绘图计算器得出精确曲线图)来预测出各地区2005年的捕鱼量。如何解释这种下降趋势？

1993~1997年的捕鱼量(吨)

| 年份 | 地区 | | | |
| --- | --- | --- | --- | --- |
| | 巴西 | 切萨皮克湾 | 埃及 | 挪威 |
| 1993 | 195 450 | 370 805 | 20 242 | 2 290 |
| 1994 | 191 029 | 276 554 | 7 335 | 452 |
| 1995 | 153 244 | 386 084 | 3 743 | 371 |
| 1996 | 146 288 | 333 819 | 5 964 | 595 |
| 1997 | 144 032 | 300 052 | 5 389 | 592 |

 课程活动

# 适得其所的外形

在自然界中，生物体的外形与功能有着密切关系。事实上，通过鱼的体形我们就可以了解到不少相关知识。体形有助于解释鱼类的生活方式和栖息环境。

几乎所有的鱼类都生活在水中，拥有鳃、鳞片和鳍，而且心脏都是一心房、一心室；不过也有不少鱼的"长相"非常特别。鱼类的身体大多呈鱼雷状，这种流线型有助于在水中行进。有些鱼则演化出相当独特的体形，以适应特定的生存方式和生活习性。以下仅举数例说明。

## 以膨胀御敌

河豚的游水速度相当慢，因此常成为饥饿的猎食者的目标。幸运的是，这种鱼有一种用以驱敌的自卫方式——近似长方形的身体会以水或空气填充膨胀，圆滚滚的身躯足足有正常尺寸的两倍大。对于许多猎食者来说，如此庞大的猎物根本无法吞食。一旦危险过后，其体内的水或空气就会散失，又回到原先的体形和大小。假如这种方式还不足以吓跑对方，河豚还有更绝的一招：它们的体内含有剧毒。

## 皮诺曹的长鼻子

锯鳐的吻长而扁平，每侧均长有24颗锋利且用处多多的牙齿。在浅水区，这个长吻部可以插入砾石和泥沙中寻找食物。

这个长吻部也是捕猎的武器，可在鱼群中发挥猛刺或击打的功能，也可以大幅左右摆动来击伤或杀死其他鱼。然后，锯鳐再游向猎物，饱餐一顿。

# 冒牌蛇

海鳝尽管外形像蛇，但它却是不折不扣的鱼。因为它具有鳃、鳍等很多鱼类的特征。

海鳝有细长的柱状身体及小小的头部，没有胸鳍。这使它能够溜进珊瑚礁及岩石下的隐蔽处，也可以藏身在水草、水下植物群中；还可以钻入松软的沙质海床中。躲伏在藏身之处的海鳝不是睡觉，就是伺机捕捉路经的鱼或章鱼。当海鳝突然出击时，其强壮的颌部与锐利的牙齿可将猎物紧紧咬住。

## 构建平衡

大多数鲨鱼有流线型的光滑身体，但双髻鲨的头部却向左、右扩展且与身体形成直角。这种不寻常的外形可以让这种游速飞快的鲨鱼在急转弯时保持身体平衡。双髻鲨的双眼和两个鼻孔均位于头部两侧，相距较远，因此能看到、闻到头部两侧的情况和气味。如此一来，当它穿梭于水中时，就可以大大提高发现猎物的机会。

## 会游泳的马

海马的体型是如此奇特，只要看到影子，就能一眼辨认出来。虽然海马的体内构造与鱼类大同小异，但海马的身体却是直立移动而非水平游动。海马以小小的背鳍游水，并通过转动头部来改变游动方向。

海马的游泳速度缓慢，且猎食能力差。它用长长的管状吻部吸入微小的水生生物。虽然游动速度慢，无法迅速逃离掠食者，不过海马却有得天独厚的坚硬骨板来自我防卫。海马卷曲的尾巴强而有力，休息或避敌时将其缠在水生植物或其他物体上。

# 溜掉的那一个

明妮·帕多克和吉尔·皮森在斯威特沃特自然历史博物馆的走廊间边走边聊。

两人聊到"鱼化石入门"的夏季课程时，吉尔说："再也没有比这更酷的事情了。一想到要辨认数亿年前的化石，就让人迫不及待。"

当指导老师走上讲台时，明妮和吉尔找到两个最好的位置坐下。"午安，各位同学。我是尼特·德弗宁教授，很高兴能见到这么多人渴望成为未来的古生物学家。"

"他说什么学家？"明妮小声地问。她突然怀疑起这是否是夏季课程班。

"古生物学家。就是研究化石的人。"吉尔回答。

"你怎么知道？"明妮说话时，眼睛一直盯着德弗宁教授。

吉尔眨着眼睛说："因为我刚刚才翻过几本从图书馆借来的有关化石的书。我想还是先预习预习，以免到时像条离水的鱼一样难受。"

这时，德弗宁教授已架好了投影仪，开始放映化石幻灯片。"正如你们猜想的那样，我的研究领域是化石，主要研究距今4.08亿年前到3.6亿年前的化石。那时还没有恐龙呢！我在各地采集化石，如怀俄明、费城、西弗吉尼亚，以及纽约卡茨基尔等地的淡水沉积层都有史前化石。我甚至到过苏格兰和格陵兰的海滨寻找化石。"

德弗宁教授按下投影仪的遥控器，屏幕上出现一张史前鱼类的详解图，身体的各个部分均有标注。"这个淡水鱼化石是在史前湖泊的遗址发现的。看看它的胸鳍是多么发达。有时，这种鱼会栖居在游动比较困难的浅水湖泊或河底。其中有些甚至进化出骨架以便支撑肺。"

接着，他拿起一盘化石标本。"我希望有

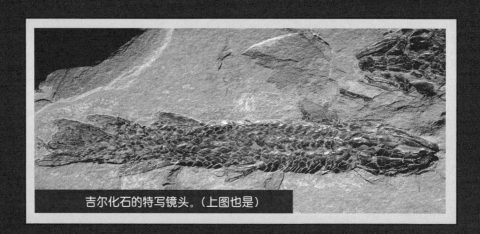

吉尔化石的特写镜头。（上图也是）

自愿者上来仔细看看这些鱼化石。"

吉尔、明妮与其他几个急性子的同学马上冲到讲台旁。

德弗宁教授微笑地递给每个同学一块化石。"现在，两个人一组，仔细察看你们手中的化石。将鱼化石与幻灯片进行对照，看你们能不能辨认出化石中的各个部位。记住，你们手中的化石未必会与幻灯片中的完全一致。看看你们能否识别出一些不同的特征，从而了解鱼是如何适应特定环境的。"

当吉尔的手指触摸到化石时，不禁发出"哇"的一声。"这要比我想象的坚硬。化石与图片真的是不一样，对吧？"

明妮没有回答。她正在笔记本上飞快地写着。她指着化石上的一个圆形凹痕说："看，这一定是眼窝。这些明显是牙齿。它们看起来是如此的粗糙不齐，就像迷宫，对吧？"

德弗宁教授走过时，看了一眼明妮的化石，说："啊，看来你的鱼应该是食肉者。"

"对。"吉尔接着说："我的可能也是。

我这条鱼的牙齿也与她的鱼类似。骨架看起来也一样。它们都有鳞片，并且有长长的、鳍状尾巴。"

吉尔又说："我的这条鱼，前面的鳍看起来肌肉很发达。它一定是一条强壮的鱼。前面的鳍叫什么？"

德弗宁教授说："胸鳍，它们主要用来转向和制动。"

明妮说："我的这条鱼，胸鳍看起来更强壮。同时，它们又这么长，像手臂和腿。它们与幻灯片中的不一样。怎么会这样？"

吉尔插话说："因为我说过，化石与照片不一样。"

德弗宁教授微笑着说："你说得可能对。但还有另外一个原因，一个你们可能不会想到的原因，那就是：我有故意说错的地方。"

教授的话是什么意思？明妮的化石有什么疑点呢？

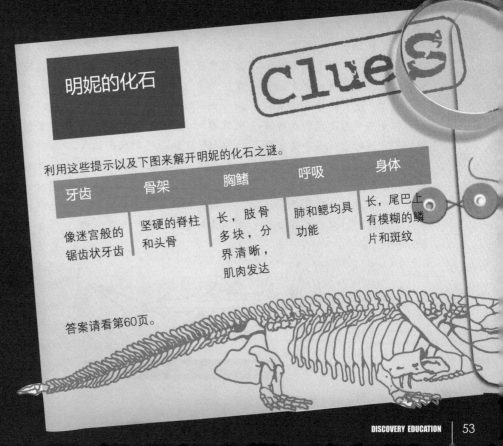

## 明妮的化石

Clues

利用这些提示以及下图来解开明妮的化石之谜。

| 牙齿 | 骨架 | 胸鳍 | 呼吸 | 身体 |
|---|---|---|---|---|
| 像迷宫般的锯齿状牙齿 | 坚硬的脊柱和头骨 | 长，肢骨多块，分界清晰，肌肉发达 | 肺和鳃均具功能 | 长，尾巴上有模糊的鳞片和斑纹 |

答案请看第60页。

# 请按铃

尽管利用食物将海豹和海豚训练成能表演的动物的方法已经相当普遍，研究人员却仍认为鲨鱼的"智力有限"，根本无法进行训练。当欧仁妮·克拉克（Eugenie Clark）教授和她的研究小组公布了为期一年的研究结果后，彻底改变了这种看法。该项研究不仅在鲨鱼行为的研究上取得了突破，也使克拉克一举成名。至今，她仍然是全世界数一数二的鲨鱼专家。以下就是克拉克有趣的实验结果，以及我们加上的解说词，楷体字部分为其本人口述。

克拉克和研究小组在养着柠檬鲨的巨大水池中放入一个靶子。这个研究小组希望能训练这些鲨鱼用吻尖去撞击靶子，而按响铃声。听到铃声后，再由克拉克往水池中投放食物。

将近9月底时，我们开始实施一个严格的鲨鱼训练计划。每天下午3时，我们将靶子放入水中最多20分钟，并将肉用绳子串起来，在靶子前面喂食鲨鱼。起初，鲨鱼对靶子似乎心存戒心，进食时总是犹豫不决。但是几天后，我们成功诱使它们靠近靶子，每条鲨鱼要想顺利地吃到肉，必须将吻尖压在靶子上。

几个星期后，有两条鲨鱼争先恐后地游近食物，并撞上靶子。

经过六个星期的喂食训练，我们开始正式测试。我们按照以前的特定时间将靶子放入水中，但上面没有食物。通常第一个张大嘴巴冲向靶子的那条雄柠檬鲨，抵达后发现没有食物，便游向一旁。

第二次以及后来的八次试验，这条雄鲨越游越慢，眼睛望着靶子却不去碰它。最后，它用吻尖用力撞击空靶子，终于按响了自动铃，我们很快扔出一块肉作为奖励……在这个关键的测试阶段，雄鲨通过按压空靶子、然后吃到投掷的食物的反复过程，证明了按压靶子与得到食物之间有某种联系。

较胆怯的雌鲨花了较长的时间才对空靶子有所反应。但

是三天后，两条鲨鱼已经都可以毫不迟疑地撞击靶子。我们在柠檬鲨的"机械性条件反射"上获得了成功。

我们开始将奖励的食物扔得离靶子越来越远，并且在铃响后，只给鲨鱼10秒的时间找到食物……由于某种奇怪的原因，这个水池中的鲨鱼总是按顺时针方向转圈。通常，它们会在撞击靶子后，顺时针绕一圈，然后再回来找食物。但是，由于受限于10秒钟，再加上食物又扔得越来越远，如果顺时针转圈，想要如愿吃到食物并不容易。经过数次耗时的顺时针转圈，并眼睁睁看着食物被拉出水面之后，这些鲨鱼学会了逆时针转圈。为了使实验更具戏剧性，我决定训练它们以更快的方式游完21米以获得食物……当食物越扔越远时，雌鲨首先发现当铃声响起后，如果它正在投食区游动而不是去按压靶子，可以更快吃到食物。它们开始不再撞击靶

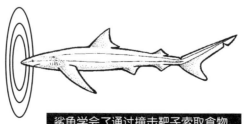

鲨鱼学会了通过撞击靶子索取食物。

子，于是我不得不将投食区再度迁回到距离靶子较近的地方，以继续实验。

研究小组怀疑铃声强化了鲨鱼的反应。他们决定将铃拿走。

一如往常，雄鲨立即冲向靶子撞击。虽然没有铃声，我们仍然投下食物奖励。鲨鱼逆时针转身后，速度慢了下来，没有前往投食区，反而回到了靶子前。从它第二次冲撞靶子一直到后续的实验期间，铃声的消失没有再影响到它。

虽然明知鲨鱼是色盲，克拉克还是决定将白色的靶子漆成黄色，看看这对鲨鱼的行为习惯有什么影响。

1974年，欧仁妮·克拉克博士与一只牛鲨同游。

当靶子放入水中时，雄鲨调整自己的方向，一头冲向黄色的靶子。但在距离靶子0.6米远时，突然放低胸鳍停了下来，然后向后翻出水面。从这时起，水池中鲨鱼的行为有些反常，它们的游动反复无常，一会儿快，一会儿慢，转向时还会撞在一起。

这次经历让雄鲨就此一蹶不振。它拒绝进食，甚至连白色的靶子也不愿再靠近，并在三个月后死去。雄鲨的死让我们感到害怕。这只曾经漂亮耀眼的动物，已变成一具冰冷的尸体。我们将它扔到几千米外的海湾中，并一直看着它沉入水中。

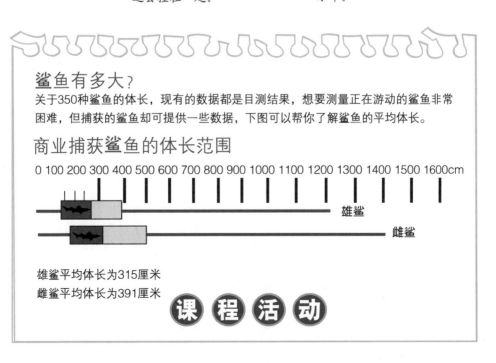

## 鲨鱼有多大？

关于350种鲨鱼的体长，现有的数据都是目测结果，想要测量正在游动的鲨鱼非常困难，但捕获的鲨鱼却可提供一些数据，下图可以帮你了解鲨鱼的平均体长。

## 商业捕获鲨鱼的体长范围

0 100 200 300 400 500 600 700 800 900 1000 1100 1200 1300 1400 1500 1600cm

雄鲨

雌鲨

雄鲨平均体长为315厘米
雌鲨平均体长为391厘米

课 程 活 动

# 揭开蝾螈不可思议的生活面纱

在许多人眼中，蝾螈是一种昼伏夜出、浑身黏滑的动物，毫无特殊之处。但马里兰州陶森州立大学的生物学教授唐·弗莱斯特（Don Forester）的看法却截然不同。他说："你对蝾螈了解越多，它们看起来就越令人难以置信。"弗莱斯特是研究两栖和爬行动物的学者。他最近的一些实验侧重于蝾螈亲代的护卵及育幼行为，对于研究蝾螈同时也研究人类的人来说，他的这些成果都十分重要。正如他所说："如果我们想要更完整地了解人类的行为，我们必须了解其他生物及其相关行为的演化过程。"

## 选中研究对象

弗莱斯特的童年是在得克萨斯州度过的。这里气候十分干燥，并不适于蝾螈生存，但却是蜥蜴和蛇类的天堂。那时，他和朋友在后院建立了一座"动物园"，里面的动物经常更换，有蜥蜴、蛇、臭鼬、乌龟，甚至还有祖父送的一条小鳄鱼。

上大学之前，弗莱斯特从没有见过蝾螈。"我在山上第一次见到的那只蝾螈简直棒极了，"他说，"当教授告诉我对这种动物的行为知之甚少时，我就决定以这种不可思议的动物作为自己的研究对象。"

弗莱斯特也是一个青蛙迷，而且真正身体力行——有时甚至有些过火。有一次，他拿着一对豹蛙走在亚利桑那州境内的一条河边上，在岸边不慎滑了一下。为了保持平衡，他在慌乱中扔掉了雄蛙，并将雌蛙塞入口中。没有想到，这只雌蛙就在他的嘴里产卵了。弗莱斯特当下吐了出来。每当回想起这件事，他都会忍不住大笑。

# 弗莱斯特的发现

唐•弗莱斯特最近的研究对象是暗棕脊口螈。他发现雌螈具有照顾和保护子代的天性。弗莱斯特说："蝾螈的行为值得一提。某些种类的雌螈是杰出的母亲。我所研究的暗棕脊口螈从不随便产卵，而且产卵后也不会一走了事。这些卵的孵化期需要50～60天，雌螈则时刻守护在身旁，连进食时都不例外。"

"雌螈以令人惊奇的方式照顾着那些卵。"弗莱斯特解释说，这些动物要选择合适的环境产卵。他指出，与大多数蝾螈一样，这一种类的蝾螈将卵产在池塘或溪流附近。蝾螈的卵也像其他两栖动物一样没有外壳，如果产在陆地上就会干透。靠近水可以使刚孵出来的小蝾螈很快爬到水中。

对于暗棕脊口螈与卵之间的关系，弗莱斯特已仔细地研究过。他观察到，雌螈会用自己的身体缠绕这些卵，以维持卵中的水分。他也见过雌螈轻轻推动着那些卵，以防止卵的内膜结在一起。弗莱斯特说："它们也会勇敢地保护自己的巢穴，不受甲虫、蛇以及其他蝾螈的侵犯。"

弗莱斯特过去并不清楚蝾螈如何回到出生地产卵。为了了解这一点，他和同事使用了DNA指纹图谱技术。他们从蝾螈卵以及雌螈的尾巴上采样进行分

析，获取了每只蝾螈的DNA图谱。弗莱斯特的研究显示，在一起繁殖的蝾螈，其DNA图谱也相近，换句话说它们的亲缘关系相当近。

在这项研究中，弗莱斯特也注意到，雌螈可以轻易分辨出自己的卵。首先，他在特别的盒子中放入该雌螈的卵及其他蝾螈所产的卵，然后再放入雌螈。他发现，雌螈会用头部轻轻推动卵，并不停地爬来爬去，直到找到自己的卵为止。弗莱斯特说："雌螈可能通过嗅觉来辨认。这种能力对于物种的生存可能有价值。如果雌螈能够分辨出自己的卵，就不大可能吃掉它们。"

### 一日研究

假日外出过河时，你发现了一种可能是鱼，也可能是两栖动物的动物。想要正确分类，需要哪些信息？你怎样在它的栖息地进行研究呢？

课 程 活 动

# 常见问题及解答

## 关于鱼的常见问题

### 鱼的视力如何？

大多数鱼都是色盲，但它们确实能分辨出明暗、形状和移动。

### 鱼如何游泳？

鱼当然不可能仰泳。鱼在游动时，会交替收缩弯曲身体两侧的肌肉，同时快速地左右摆动尾巴。就像荡秋千时，只有将你的双腿远远向前方荡出，才能荡得更高。鱼的脊鳍可以保持身体平衡。

## 关于青蛙和食物

- 青蛙的舌头位于嘴的前端。舌头又黏又湿有助于捕捉昆虫。
- 青蛙将食物整个吞下。
- 吞咽时，青蛙会缩回或闭上眼睛，而且通常一次只闭上一只眼睛。由此而产生的挤压作用有助于将食物推向喉咙。
- 当青蛙吃到有毒或者味道不佳的食物时，可将整个胃从口中"翻出"并清空。

## 老当益壮

活得最久的两栖动物是一条日本大鲵。当它1881年在荷兰的阿姆斯特丹动物园死去时，已有55岁。

## 附近没有小丑鱼

在热带珊瑚礁地区，小丑鱼为了避开掠食者，常躲藏在海葵的触手或那些形似植物的腔肠动物中。这些动物释放的刺细胞能在短短的数秒间麻痹小鱼，不过由于小丑鱼的体表覆盖着一层厚厚的、具有保护作用的黏液，因此就算靠近这些动物也安然无恙。这种关系对于海葵也有好处，因为小丑鱼会吃掉沉积在这些生物身上的残渣碎屑，使它们身体保持清洁。

## 鱼的模仿者？

　　不管你信不信，鲸不是鱼！这是怎么回事?让我告诉你吧：

鲸：

- 不是卵生。
- 是温血动物。
- 用肺呼吸。
- 尾巴在游泳时是上下拍打(鱼的尾巴是左右摆动)。
- 皮肤无鳞

不属于鱼类的还有：贝类、海星及海豚。

## 奇怪的陌生动物

　　提及两栖动物时，一般人通常不会想到蚓螈，因为它们不常见。这类蠕虫状的动物，大半时间都栖居在热带地区的地下。事实上，它们彼此之间碰头的机会也不多。蚓螈的眼睛不是非常小，就是根本没有眼睛。当然，如果平常都在地底下钻洞穴居的话，有没有良好的视力其实无关紧要。这类两栖动物主要依靠嗅觉捕食，在口的两侧，靠近口边的地方长有一对触突，可感知气味。

## 爱不爱金鱼？

　　金鱼是世界上最普遍的宠物。中国是金鱼的故乡，中国人在几个世纪以前就开始养殖这种动物了。大多数金鱼的体长为2.5～10厘米，体色呈橘红色。但是，专业的饲养者会告诉你，金鱼的大小、颜色和形状要比你在宠物店所见到的多得多。如果饲养的环境理想，金鱼可以活上7年之久。

## 毫无意义的声音

　　大多数的两栖动物会发出声音。蛙和蟾蜍的声音进化得最为完美。它们以叫声来警告敌人或者寻找配偶。大多数的蝾螈、鲵及所有的蚓螈只能发出咳嗽似的声音和咕噜声，科学家并不认为这些声音是一种交流沟通的方式。

# 它们的世界

尽管有许多不同之处，鱼类和两栖动物仍然可以生活在一起。对于那些容易照顾的鱼类和两栖动物，可以在家中或教室里建立一个生态系统来养殖。这样，就可以创造出一个供它们生活的舒适环境，还可以就近了解它们的生活情况。

可以采纳的方法是，在一面大型墙壁上建立一个有背景音乐的水族箱。你可以选择建立一个适合自己情形的养殖环境，并挑选生长在这个特定生态系统中的罕见鱼类和两栖动物；也可以布置一个人工环境的养殖箱。如果是采用后者，可以就近在当地的宠物店中挑选所需要的动物种类。这种有如壁画的虚拟饲养箱也需要你精心照顾，例如，拟定喂食时间以及适当的照明条件(有些两栖动物一天需要八小时的照明)。但是，采用人工环境的好处在于你可以了解到许多关于安装饲养箱的知识。

无论你选择哪种环境，事先都必须做好某些研究。你可以走访本地的宠物店，或邀请爬行动物学家和鱼类学家到你的学校演讲，谈谈最适宜的动植物种类，其中包括它们所需要的隐藏与攀登的位置、食物和光照要求等。

事先规划和调整饲养箱的环境。即使这些鱼和两栖动物事实上不会生活在一起，仍应尽量满足它们的需求。所附的图片应该要能显示出每种动物不同的生长阶段，这样参观者才能了解每种动物的详细生活情况。此外，最好再预录一盘录音带，在有人参观时播放。录音带中除了音乐外，也应加上解说，说明这个生态系统中栖息着哪些动物、它们如何生活，以及可能遇到的威胁。

完成这个饲养箱之后，可以邀请朋友和家人参观。

### 第 52～53 页 "待解之谜" 的答案

明妮的化石不是鱼。本文所述的动物是已知最早的两栖动物鱼石螈 (Icythyostega)。"尾巴上有模糊的鳞片"是解开谜底的一条线索，有助于解释明妮的化石是一种早期的两栖动物。揭开谜底的另一要点是：本章"主题介绍"中提到过，最早的脊椎动物在距今 3.75 亿～3.5 亿年前之间冒险登陆，而教授说他收集的是距今 4.08 亿～3.6 亿年前之间的化石，这就清楚地指出明妮的化石标本是最早的两栖动物之一。

除了锯齿般凹凸不平的牙齿外，鱼石螈的明显特征是发育良好的四肢，这就是它能够离水上岸的主要原因。带有辐射条纹、类似鱼尾的尾巴以及退化的鳞片则意味着能在水中移动对它的生存来说仍然很重要。

吉尔和明妮的化石有亲缘关系。许多科学家认为鱼石螈是从古总鳍鱼类演化而来，吉尔也发现了这一点。吉尔的化石上的胸鳍肌肉发达。有些科学家猜测说，当水位较低时，这些鱼可能使用强壮的鳍沿着河床或湖底来推动自己前进。

# 鸟　类

# 鸟类

大约1.5亿年前，一种会飞的大型爬行动物——翼龙曾翱翔于空中。其中最大的一种是翼齿龙，其翼展超过8米，相当于一部房车那么大。

也许这些庞大的空中食肉动物不怎么瞧得起另一种更小巧，会飞的爬行动物——始祖鸟。始祖鸟拥有与许多爬行类动物相同的牙齿和尾巴，但它的翅膀上附有一层新型的覆盖物，就是羽毛。

随着时间的流逝，很多会飞的大型爬行动物都一一灭绝了，始祖鸟却进化成了一种完全新型的脊椎动物——鸟类。除了有羽毛以外，鸟类与爬行动物还有另外一些不同之处：跟它们的爬行类祖先不一样，鸟类没有牙齿；它们都还是温血动物，这意味着它们能够调节身体内部的温度。不过鸟类与它们的爬行类祖先还是有一个关联之处：它们都有鳞片，但鸟类只有腿部长有鳞片。

现在，世界上大约有9 000种鸟类，你可以看到从优美的红嘴巨鸥，到不会飞行的非洲鸵鸟，各种各样。很显然，鸟类是具有惊人适应能力的高度进化的动物群体。

**骨轻** 大多数鸟类的骨是中空的，其骨骼组织就好像是交织的骨骼网络。这使得鸟类的骨骼尽管很轻，但仍然很强壮，足以支撑它们的飞行，这是对于飞行的适应性。飞行的鸟类在着陆或起飞时，都需要通过后翼变换身体的重心。当然，走禽需要更强大的支撑能力，所以它们进化出了很厚重的骨骼。

**羽毛** 皮肤上的这种覆盖物是鸟类独有的。通常，鸟类有两种羽毛：体羽，大而光滑，有助于飞行；绒羽，很小，毛茸茸的，适于保温。

喙 因为鸟类没有牙齿，所以它们的嘴进化成为能够完成进食行为的器官。鸟类的喙种类繁多，令人吃惊。红嘴巨鸥的喙特别适合捕食小鱼，而鹈鹕的喙就像是一把巨大的勺子可以捕抓大鱼。

肌肉 为了飞行，鸟类进化出了独特的特征。鸟类的胸骨向外突出，连接着强壮的肌肉。这种肌肉能支持它们在飞行过程中进行必要的强有力的俯冲.

营巢 一般情况下，小鸟的父母都给予它们的孩子非常多的关爱。所有的鸟类都产卵，这些卵通常都被放在巢穴里保护起来。孵化以后，一些幼鸟立即便能飞行，但多数的小鸟还是需要父母的继续照料。红嘴巨鸥把卵产在海岸上，这样它们就必须对卵进行守护，防止敌人的侵袭。

# 食腐动物的捕食

问：你是一只红头美洲鹫。感谢你能来参加人人都喜爱的鸟类论坛《观察小鸟》。告诉我，以动物尸体为生是什么感觉？

答：你为什么不先说说呢？其实，我们可以一起讨论汉堡的问题嘛？

问：你知道我是什么意思。你们所吃的动物不仅仅是死了的，而且是要腐烂、腐烂的发臭的……

答：别说了！我的口水都要流出来了。你要说的无非是秃鹫吃腐肉、吃尸体。没错！我们是吃这些东西，但是我们有充足的理由。

问：什么理由？

答：当然是因为我们饿了。另外，秃鹫还是乡村的清洁工。事实上，秃鹫希腊语学名的意思就是清洁工或食腐鸟。我认为你们应该感激我们做了这么多清洁工作。

问：为什么？

答：如果我们任由那些东西在马路上腐烂，会怎么样呢？想象一下它们对健康的危害和那可怕的气味！反过来，你再闻闻秃鹫……你们应该授予我们勋章。事实上，在很多地方我们是受法律保护的，因为我们的工作是如此重要。

问：噢……那么，说到气味，那是你寻找食物的方法吗？

答：一些秃鹫有高度发达的嗅觉，但是大多数都只是用眼睛。我们的视觉比人类要好得多。秃鹫的视力就是它的美食保障。我们甚至在几千米的上空就能发现地面上一具极小的动物尸体，然后就俯冲下来，美餐一顿。

问：为什么你们不像鹰那样捕食活的动物呢？

答：给你一个提示：请看我的脚。

问：我看到三只脚趾，其中一只上面还残留着一些红色的碎屑……哦讨厌，你到底要我看什么？

答：看一个适应性特点，这一特点使得我非常特别。你应该看得出来我的脚并非杀手的脚。与大多数食肉鸟不一样，我的爪子只是略为弯曲，我甚至不得不承认它非常地钝。鹰和猫头鹰具有钩状爪子，像剃刀一样锐利，适合捕抓猎物，并牢牢地抓住它们，然后……撕裂！

问：我认为猛禽是用喙杀死猎物的。

答：通常情况下，鸟用嘴把刚杀死的猎物一片片地撕碎。可是，我连这都做不到。我的嘴巴很弱、很钝，没有锋利的边缘，没有任何可以用来搏斗的功能。所以你瞧，我没得选择，只能吃死动物。能吃到早就躺在那儿的动物，我已经很满足了。不过，至少我还有一个适应性特征非常有用。

问：是什么？

答：再给你一个提示：它就像我脸上的羽毛一样清楚，你看到了吗？

问：嗯……事实上，不，我没有看到。等一等，你的脸上并没有羽毛！

答：说对了！我还以为你看不出来呢！我整个头部就像哨子一样干净，也就是说，我的颈部以上是完全光秃的。

问：很迷人。不过，这又是为什么呢？这也是一种适应性吗？

答：想想我吃的那些多汁的物体。想想那些黏糊糊、发臭的肉块和液滴粘在羽毛表面上的感觉。有点儿发臭，你觉得呢？里面可能还会有有害的细菌和其他不好的东西。可是我的头小而光滑，无论把它放在哪儿，都很容易保持整洁。

问：是的，我想这确实对你有益。你看，也许我们应该把它包起来。你还有什么可以告诉我们的吗？其他的……优点？

答：当然有。有一点我绝对感到骄傲：我会飞！

问：嗯，你是一只鸟啊！大多数鸟都会飞啊！……

答：我知道，但就算是在鸟类当中，我的飞行技术也是非常出众的。我能够像……像鹰一样滑翔！可能比鹰还要出色。事实上，我是如此出色，我能够随着气流不断上升、上升、上升，直到几千米的高空，或者连续滑翔几个小时，都不拍一下翅膀。我的意思是说，为什么要浪费不必要的能量呢？另外，在地面上的时候，我会漫步行走，绝不跳跃。为什么要那么急急忙忙的？

问：我想你说得对，毕竟你的美餐是不会自己跑掉的。

## 仔细听听

事实上秃鹫并不会说话。你知道这一点，对吧？但这并不仅仅是因为鸟类通常都无法与人类进行交流。其实，秃鹫生理上就不会发声。与其他的鸟类不一样，它们的喉咙里缺少某种发声的东西，所以，它们只能发出微弱的嘶嘶声。这种嘶嘶声在它们的生活中有什么用呢？这是一种适应性吗？

课 程 活 动

# 早期的鸟类

　　鸟和恐龙，哪个先出现?在漫漫历史长河中，我们还没有找到一个清晰的类鸟动物形象，证明今天我们所看到的鸟类是由它进化而来的。不过，仍然有很多古类鸟动物的羽毛与今天的鸟类极其相似。

　　19世纪末期，查尔斯·达尔文的朋友托马斯·赫胥黎(Thomas Huxley)提出了一种假设，即实际上鸟类是由爬行类进化而来的。近代的发现使得很多古生物学家（研究化石的科学家）相信这可能是真的。这就意味着6 500万年前早就已经消失的恐龙，与现代鸟类有着共同的祖先。

| 2.25亿年前 | 1.5亿年前 | 1.2亿年前 | 8000万～8500万年前 |
| --- | --- | --- | --- |

　　根据最新发现，原鸟可能是最早的鸟。它有先进有效的翅膀结构，远远超过了几百万年以后出现的下一代鸟类。它的翅骨有微小的节点，可能是羽毛的位置，不过科学家还不能确认这一点。

　　1861年，德国采石工人发现了一具像鸽子那么大，且长有翅膀和羽毛的动物化石。科学家认为，这种动物是用四肢上的脚爪在树间爬行，并用长满羽毛的翅膀和尾巴，在树枝之间滑翔。此化石（见下图）被命名为始祖鸟（Archaeopteryx Lithographica)，意即"刻在石头中的古代翅膀"。

　　很多人认为辽宁古盗鸟是恐龙和鸟类之间最有可能的"缺环"。1999年10月，科学家发现了这样一具化石，这具30厘米长的恐龙与霸王龙同属于一个家族。

　　快盗龙被认为是现代鸟类进化链中的另一环。与现在的鸟类一样，快盗龙有三只实用的脚趾、长长的手臂，手上有三只手指及适于抓捕猎物的半月形腕部。快盗龙可能覆盖着羽毛——这意味着影片《侏罗纪公园》里描述的食肉鸟稍显裸露了一些。

始祖鸟（左）及其复塑模型（右）

| 6800万年前 | 6500万年前 | 5400万~3800万年前 | 现 在 |
|---|---|---|---|

跟辽宁古盗鸟一样，大型的食肉霸王龙也是恐龙的一种。它们同属于一个家族，使得人们得出这样的结论：霸王龙的幼龙身上可能长有羽毛，后来长大了才脱落的。不过它们的羽毛可能并非用于飞行，而是用来吓退敌人的。雌性的体积可能比雄性大。

大多数的恐龙种类濒临灭绝。很多种类的鸟也随着没有羽毛的恐龙的灭绝而绝迹。当然也产生了第一代属于新鸟亚纲(Neornithes)的现代鸟。在此后的几百万年中，鸟类的种类的数量飞速增长，演化成了现在种类多得惊人的鸟类。

巨大且不会飞行的不飞鸟(Diatryma steini)高达2.2米，生活于欧洲和北美的森林中。而现代秃鹫的直系祖先，始新世的新兀鹫(Neocathartes)，滑翔于天空。其他新鸟亚纲的种类和数量继续增长。

很多科学家认为现代鸟就像是长着羽毛的短尾巴恐龙。但是，鸟类的嘴巴相对要小，而且没有牙齿。它们的尾骨愈合在一起，前肢进化为翅膀。另外，后肢变大了，这有助于它们用双足行走。迁徙和在树上筑巢的习性好像也是它们的恐龙祖先所没有的。

**得出结论**

作一张维恩图，展示鸟类和爬行类之间的相似之处和不同点。它们与恐龙有什么共同特征？

课 程 活 动

# 鸟喙一瞥

鸟类脸部中央的喙，并不是放在那儿做摆设的。每一种鸟都有其特殊的喙，帮助它们成功地找到并"处理"喜欢的食物。鸟类的喙针对不同的需求有其不同的适应性。

有些鸟，例如燕子和北美夜莺，它们的嘴可以张得很大，这样当空中有昆虫飞过时，它们就能够捕捉到。而其他食虫鸟类只捕食小而柔软的虫子，所以它们的喙好像几乎不存在。

食种子的鸟类，包括雀类、松雀和鸦等，通常都具有强壮的短喙，其边缘锐利，有助于啄破种子外壳。喙最强壮的一种食种子鸟是英格兰蜡嘴雀，能够啄开樱桃核。

大多数鸭子的喙扁平而宽，嘴巴边缘长满一排排的硬毛，就像梳子齿，这有助于它们在淤泥中摄取大量的水分，随后运用喙的边缘过滤水。鸭嘴的这些硬毛深处粗硬的突出物，能够分辨淤泥中可食用的东西。

琵鹭的喙长而扁平，觅食时微微张开，在盐碱滩和海岸上的浅水中左右晃动。当食物漂过时，就会迅速地合嘴巴。

鹳长着瘦长的腿和又粗又长的喙，在沼泽地和潮湿地带觅食。它们的喙能够捕杀蛇、青蛙和昆虫。

海雀的喙很短，可以牢牢地夹住小鱼。早春，雄性海雀的喙上会长出一层鲜艳的覆盖物，使它们看上去更大，并对准备繁殖的雌性海雀产生更大的吸引力。繁殖季节过后，海雀喙上的覆盖物就会脱落。

啄木鸟的喙又细又尖，能够插入树木的小裂缝，找寻昆虫幼虫。有时候，啄木鸟也会把松果挤入树皮的缝隙中，这样它们就能啄出松果的种子。

猛禽，如游隼、秃鹫和鹰等，它们喙的末端有一个钩状物，有助于撕碎食物。通常情况下，它们在猎物的栖息地找寻食物，或是从猎物的头顶上飞越并迅速猛扑而下。大多数猫头鹰捕食啮齿动物，它们也具有钩状喙。

辨别鸟喙

参考鸟类观察指南，分辨在你们那里常见的鸟喙结构。这些鸟喜欢吃什么？如果它们喜爱的食物中有一种消失了，会发生什么事情？

课 程 活 动

# 鸟类全方位

## 鸟类的移动方式

**走禽类**

鸸鹋

大象鸟*

几维鸟

恐鸟*

鸵鸟

美洲鸵鸟（上图）

**飞禽类**

信天翁、海燕

鹳、秧鸡、鱼鸟*

布谷鸟、地鹃、麝雉

鸭、雁、天鹅

夜莺、欧夜莺

鹈鹕

海鸥、海雀

苍鹭、鹳、**鹮**

琵鹭、火烈鸟

蜂鸟、雨燕

翠鸟、犀鸟、金丝雀

潜鸟

鼠鸟

猫头鹰

鹦鹉

鸩鹕、鸡

雉鸡、家鸡

鸽子、沙鸡

蕉鹃

咬鹃

秃鹫、鹰

啄木鸟、巨嘴鸟

*已灭绝

## 多功能的足

　　人们因为不同的活动而穿不同的鞋子，如跑步穿运动鞋，海滩上穿凉鞋等。可是，鸟类在改变活动的时候是不能换鞋子的。它们的爪子必须自然地与栖息地和行为相适应。鸟类的脚最常见的形状是那些主要生活在树上，需要牢牢抓住树枝的类型。这些瘦小的脚由四个脚趾构成，三只往前生长，一只向后生长。生活在水边或水中的鸟类通常都具有蹼，即脚趾之间的空隙被角化皮肤填满，形成蹼状，易于游水。猫头鹰等猛禽有着强壮的脚，长着弯曲的"指甲"，有助于捕杀猎物。

### 飞行速度

| | |
|---|---|
| 麻雀、鹪鹩 | 16～32千米/时 |
| 旅鸫、鹈鹕 | 32～48千米/时 |
| 哀鸠 | 48～64千米/时 |
| 猎鹰、鸭、原鸽 | 64～97千米/时 |
| 雨燕 | 97千米/时 |

## 鸟的视野

　　很多鸟能分辨颜色，但是它们看到的颜色与人类是不同的。大多数鸟都具有惊人的视力，能够在3千米以外，发现一只如老鼠大小的动物的轻微动静。鸟类的视力必须很敏锐，因为要靠它来寻找食物。大多数猛禽，例如猫头鹰，都具有跟人类一样向前的双眼。但是，有一些鸟类的眼睛可以反方向观看，甚至能看到背后。当然，所有这些神奇的能力都需要很好的保护，这就是为什么鸟类有"瞬膜"的原因。瞬膜是一层薄膜，在鸟类飞行或瞪眼的时候起到保护作用，或者在游水的时候，把水阻挡在外。

# 情绪多变的鸟类

大多数鸟都会歌唱，能哼出多种曲调。科学家发现，这些旋律可以归纳为两种类型：鸣叫和鸣唱。鸣叫是一些简短的曲调以示警告，鸣唱则是长长的曲子，有着重复的模式。以下是专家从鸟儿的歌唱曲调中听出来的一些主题：

## 鸣叫

**找到食物**
**高兴**
**烦恼**
**生气**
**领域防卫**
**在巢中等候**
**集群**
**空中捕食者**
**地面捕食者**

## 鸣唱

**求偶**
**向同伴发出信号**
**高兴**
**重复练习歌曲**

# 家，温馨的家

试着用镊子将牙签和几根头发做成一座小房子。这样你就能体会到鸟筑巢时所面临的困难了。

鸟类仅仅用喙和脚来筑巢。虽然不同的鸟类使用许多相同的材料，但是建造方法和建成品都不尽相同。根据它们身边材料的不同，有些鸟类把叶、草编织成巢穴，还有的会把树叶和在地上找到的一些棉花纤维缝合在一起。火烈鸟使用泥浆筑巢。而其中最吸引人的一种鸟巢是非洲锤头鹳的"作品"，它们的巢穴总共能包含8 000片材料，重达45千克。

当然，有些鸟类并不筑巢，它们仅仅在泥土、沙地或树上挖一个小而浅的洞，其中大多数的海鸟在裸露的地面上产卵。还有一小部分的鸟类，包括帝企鹅和王企鹅在内，会带着卵到处跑。

## 不断拍打翅膀

| 鸟类 | 每秒翅膀振动次数 |
| --- | --- |
| 秃鼻乌鸦 | 2.3 |
| 银鸥 | 2.8 |
| 喜鹊 | 3 |
| 游隼 | 4.3 |
| 斑尾林鸽 | 4 |
| 乌鸫 | 5.6 |
| 海雀 | 5.7 |
| 雉鸡 | 9 |
| 棕煌蜂鸟 | 200 |

# 关爱幼鸟

世界上有两种鸟。一种鸟出生后几个小时就可以独立生存。这些自立的雏鸟出生的时候眼睛是睁着的，肌肉发达。它们天生绒羽，能够自己吃食，只需父母给予很少的照料，立即可以自己生活。

另一种鸟出生的时候是"全裸"的，一根羽毛都没有。它们的眼睛看不见，只有抬起头接受父母喂食的力气。需要照料的雏鸟的喂养方式有很多种(鸽子是一个例外，它们用自己的乳汁喂养幼鸽)。一种方式是父母把食物直接放入小鸟的嘴里。有些父母每天要从巢穴到取食地来回飞行，带回900次食物。猛禽，例如鹰和隼，会把食物带回家，并撕成碎片来喂雏鸟。另外，成鸟也可以先吞下食物，然后反刍出来喂雏鸟，反刍出来的糊状物会直接滑进小鸟的胃部。

## 那是只什么样的鸟？

找出一只生活在你家附近的鸟，做上标记。观察它的脚长什么样，它如何筑巢，亲鸟如何照料雏鸟。

 课 程 活 动

# 雀类的喙喙

南美洲

加拉帕戈斯群岛

哥伦比亚

厄瓜多尔

加拉帕戈斯群岛仙人掌鸣雀

　　1858年，科学家查尔斯·达尔文提出，生物为生存而竞争是因为环境中资源有限，无法支撑不断增加的动、植物数量。达尔文认为，只有那些对生活环境具有很好准备的动植物才能够生存下来，繁衍后代。它们所具有的适应性，会在其后代身上显现出来。达尔文把这个过程称为自然选择过程，即"自然选择，适者生存"。

　　达尔文在他的《物种起源》一书中写到："自然选择是指……淘汰不良的物种，留下并增加优良的物种……这些缓慢的变迁我们无法察觉……

我们只是看到现在的生活形态跟原先的已经不一样了。"

　　达尔文的理论部分是根据对南美洲西部加拉帕戈斯群岛的达夫尼大岛上的鸣雀的研究得出的。他注意到岛上的13种鸣雀鸟都具有惊人的适应性——它们的喙各不相同。

　　100多年后，也就是1973年开始，科学家彼得·格兰特(Peter Grant)和罗斯玛丽·格兰特(Rosmary Grant)在达夫尼大岛上待了20多年的时间，对达尔文曾经研究过的鸣雀种类进行新的研究。经过对鸣雀鸟长期的仔细观察，格兰特夫

妇发现达尔文理论一直在起作用。他们的研究表明，有时候自然选择的速度比达尔文想象的要快得多。格兰特夫妇就鸣雀对于旱灾、水灾、季节变迁和食物供应变化等情况的反应进行研究，仔细观察那些存活者及其幼鸟的情况。作家乔纳森·威诺(Jonathan Weiner)与格兰特夫妇一同来到了这座岛上，记录下了他们对于这种不断进化的鸟类所做的研究。以下是他对他们研究的记录和引述。他和格兰特夫妇的话都用另一种字体表示。

**威诺**：现在(1991年1月25日)，岛上有400只鸣雀，每一只格兰特夫妇都认识。有些鸣雀看上去是如此地相似，在交配季节，鸟类自己都很难辨认出同类。但是事实上，它们有着极大的差异……

鸣雀过去和现在一直很多样化，因为岛上有不同种类、不同群体的鸣雀过着不一样的生活。每一个群体都有自己独特的生活方式，它们的食物不同，有些吃树皮，另一些吃树叶。它们的筑巢方式有差异，一些在仙人掌内栖息；另一些栖息在树上。这种多样性意味着它们必须根据周围环境的不同，产生自己特有的适应性。不过，这些鸟身上最明显的不同点是它们的喙。

1977年，在一次旱灾之后，格兰特夫妇发现了关于自然选择所造成的变化中一个最有趣的例子：

**威诺**：格兰特夫妇观察着存活者的喙，他们知道喙的多样性……及其重要性。他们知道植物和天气对鸣雀有着哪些影响，岛上的其他生物又对它们产生了怎样的威胁。他们对这些数据了解得非常清楚，其中包括旱灾中存活下来的鸣雀的大小，以及没能存活下来的鸟的大小。

格兰特夫妇发现，个头最大喙也最大的鸟，能够吃最大的种子，而这一特点也帮助它

们生存了下来。

当他们把数据汇总起来，发现在旱灾中，鸟类能找到的食物只有大种子，而那些体型大、嘴巴大的鸟类就能够在这次的灾难中全身而退。其中，存活下来的鸟类要比死去的多5到6个百分点……尽管鸟喙大小的区别是如此之小，很难用肉眼分辨，但也决定了鸟类的存活和死亡……到了旱灾末期，150多只雄鸟仍然活着，而雌鸟则只剩下可怜的几

达尔文的草图显示了鸟喙的多样性。

只。因为，一般雄鸟都比雌鸟要大上5%左右，喙也相对大些，所以雄鸟通常会占优势。

旱灾过后，格兰特夫妇观察存活下来的鸣雀的交配行为。他们发现雄鸟和雌鸟的比例大约是6：1，所以每一只雌鸟至少都要交配一次，但只有体型较大的雄鸟有交配的机会。

岛上没有任何一对鸣雀完好如初地存活下来。旱灾至少带走了一对鸣雀中的一只……格兰特夫妇发现雌鸟寻找雄鸟时并非是随意寻找，而躲过了

旱灾的雄鸟也非运气所致。成功的雄鸟是大鸟中的最大者，它们具有最黑、最发达的翅膀，以及最深的喙……那一年孵化的幼鸟长得也很大，喙也很深。而新一代鸟儿的喙比旱灾之前它们的祖先平均要深4到5个百分点。

我们很容易就能看出，鸣雀是如何通过对交配伴侣的选择来适应环境变化的。格兰特夫妇的发现是惊人的，尤其是因为进化是一个极其缓慢的过程，无法在一代生物中显现出来。在看到格兰特夫妇的研究成果之前，很多科学家都很难想像一个物种能够在生理上对环境如此快地产生适应性，它们也无法相信大自然是如此的现实。

**彼得**：有一次，我刚开始演讲，观众席中就有一位生物学家打断了我的话："你说你看到的存活鸣雀的喙与死亡的鸟的喙有多大的区别？"

"平均差0.5毫米。"我告诉他。

"我不相信！"此人说，"我不相信0.5毫米的差异会那么重要。"

"不过，这是事实。"我说，"请先看看我记录的数据，然后再提问。"然后，他再也没有问问题了。

**罗斯玛丽**：一个问题也没再问，他坐在那儿，皱着眉头……

# 振翅高飞

## 羽毛的形状

鸟类的羽毛能保暖，能挡风遮雨，还能使它们在炎热的天气中保持凉爽。它们的羽毛由坚硬、灵活且富有弹性的角蛋白构成。与头发一样，羽毛也是由蛋白质组成的，鸟类能通过肌肉运动控制羽毛。每一根羽毛都由一根空心的中轴及其两侧的羽片所组成。羽片是由数千支指向羽尖的细羽枝构成。在每一支羽枝的两侧还有更小的叫做小羽枝的分支。

羽毛

羽杆

## 关于两种羽毛的故事

体羽覆盖整个身体，尤其是翅膀。羽毛的各个部分都由小羽枝紧密连接着，就好像是尼龙搭扣一样形成一个光滑结实的表面，使它们能够更容易地飞行、滑翔和游水。绒羽生长在体羽的后面，起保暖作用。它们的绒毛聚集了很多暖空气，充当隔热体。

## 一些名不符实的翅膀

有些鸟的翅膀并不是用来飞行的。不会飞的鸟属于平胸鸟类。这个家族由现存最重的鸟类组成：鸵鸟、美洲鸵鸟和几维鸟等。相对于它们的体型来说，它们的翅膀很小。也由于它们不会飞，因此不需要很光滑的翅膀，但它们的外翅膀仍然长满了绒毛。通常来说，不会飞行的鸟类会长出结实的身体及强壮的腿和足，以适应奔跑。另一种不会飞的鸟是企鹅。企鹅的翅膀不会折叠。它们的翅骨扁平，形成宽大的桨状，有助于游泳。

## 梳理羽毛

为了使羽毛能正常发挥功能，必须保持它们的光滑，小羽枝也要完好地钩在一起。几乎所有鸟类的尾端都有一处油腺，它们的喙可以伸到尾端挤压出油脂，再用足和喙，把这些油涂到羽毛上面，使它们保持油亮、防水。鸟类就是用这种方式梳理羽毛的，在这个过程中鸟会不厌其烦地仔细梳理每一根羽毛。当然，没有这种油腺的鸟类，例如军舰鸟，可以在下雨的时候，利用雨水冲刷、整理羽毛。

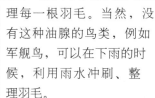

# 完美的设计——翅膀

跟喙和脚一样，翅膀的形状也要适合鸟类的生活环境。会飞的鸟类有四种形式的翅膀。习惯于迅速起飞的鸟，其翅膀呈半月形，如啄木鸟。其他习惯生活在小地方，并需要迅速逃离的鸟类的翅膀也是半月形的。这种翅膀的羽毛之间有间隔，使它们的移动更轻快、更容易。这种翅膀的形状适合于那些不需要进行快速或远距离飞行的鸟类。

雨燕、燕子和其他猛禽的翅膀尖而长，主要羽毛之间没有空隙。这些"结实"的翅膀向后弯曲，类似飞机的机翼，适合高速飞行。

另两种翅膀外形有点相似，但是功能却不尽相同。滑翔翼的典型是海鸟，如海鸥等，这种翅膀窄长而扁平，羽毛之间没有间隙；升腾翼的典型是鹰、鹳和秃鹫，这种翅膀与滑翔翼不同，它们的羽毛之间有很大的空间，且为了应对气流的变化，翅膀较短，而为了携带猎物，也使其较为宽大。

滑翔　　　　　高速飞行

快速起飞　　　　翱翔

## 颜色解读

羽毛的颜色非常重要，它们可以用来吸引异性及向其他鸟展示。孔雀是鸟类利用其羽毛颜色优势的最佳例子。在交配季节，当一只雄性孔雀见到一只看似普通褐色鸟的雌性孔雀时，它就会把其蓝绿色的尾巴笔直地向上翘起、展开，并发出喀哒声。当然，在一些场合，鸟类羽毛的颜色也可以用来伪装。澳大利亚蛙嘴夜莺隐藏在树枝上，高抬起头时，其褐色的羽毛与树枝的颜色俨然融为一体。

## 羽色产生的原因

羽毛的颜色由两种色素产生——黑色素和类胡萝卜素。鸟体内的黑色素产生黑色、褐色和部分黄色，而类胡萝卜素则产生鲜艳的红色、橙色和部分黄色。鸟类的食物中含有类胡萝卜素，火烈鸟如果不吃含有类胡萝卜素的食物，如浮游生物、小虾和胡萝卜（费城动物园的驯兽员曾经发现过火烈鸟食用胡萝卜），其体色就会消失。

其他闪光的颜色，如蜂鸟或孔雀尾巴上的亮绿色，部分是由羽毛的形状产生的。当光线投射到羽毛上，羽枝之间些微不同的形状，使得光线的角度变换，形成一排颜色，就好像三棱镜一样。从不同的角度观看的羽毛，其颜色会不一样。

## 旧羽毛脱落

与其他动物有换毛或蜕皮现象一样，鸟类到了一定的时间，羽毛就会脱落一些，同时也会长出新的羽毛，这个过程叫做换羽。换羽的最佳时间，一般是在繁殖以后或迁徙之前。由于这个原因，很多鸟一年只换羽一次。如果新的羽毛受到了损害，只能到下次换羽时才能恢复。企鹅只需2个星期的时间，全部的羽毛便会脱落，不过在旧羽毛全部脱落之前，新羽毛早就已经开始生长了。而鹰的换羽过程则比较缓慢，因为它们需要羽毛支持飞行，所以鹰身上有许多羽毛甚至两三年都不会脱落。

# 离开家园

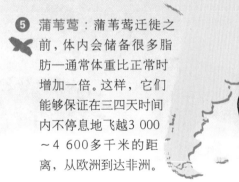

旅鸫

红喉
北蜂鸟

红头美洲鹫

到了秋天，很多北半球的鸟儿开始南飞。与度假者不一样的是，它们每年都沿着相同的路线飞行，到达食物丰富的越冬地。到了春天，气候开始转暖，鸟类就返回繁殖地营巢、繁殖。鸟类的这种每年一次的旅行叫做迁徙。

虽然有些鸟会独自迁徙，如猎鹰，但大多数种类相同的鸟类会集群飞行。这张地图显示的是几千种结伴飞行的鸟类中的几个例子。

**❶ 红头美洲鹫**：每年红头美洲鹫都会与隼一起飞行大约6 033千米的距离，准时到达它们的繁殖地。俄亥俄州欣克利市的居民会在每年3月15日红头美洲鹫到来的时候，举办"秃鹫节"。

**❷ 红喉北蜂鸟**：红喉北蜂鸟的迁徙距离大约为5 630千米。雄性大约在7月先离开繁殖地，雌性要等到10月才离开。它们通常在新斯科舍营巢，而在佛罗里达、古巴或墨西哥越冬。

**❸ 旅鸫**：在加拿大南部和美国北部，旅鸫的到来象征着春天的来临。这些夜间飞行者大约要用11个星期的时间，飞行约6 400千米的距离，到达目的地。雄性在3月迁徙，但在雌性4月到来之前，它们是不会鸣唱的。

**❹ 北极燕鸥**：鸟类迁徙距离最长的当属北极燕鸥，它们会飞越15 000多千米的距离。夏天在北极繁殖，到了8月便飞往南方。在西非或南美洲海岸待3个月，再飞回加拿大或格陵兰岛。

**❺ 蒲苇莺**：蒲苇莺迁徙之前，体内会储备很多脂肪——通常体重比正常时增加一倍。这样，它们能够保证在三四天时间内不停息地飞越3 000～4 600多千米的距离，从欧洲到达非洲。

**❻ 家燕**：家燕的迁徙距离长达10 000千米。对于只有19克重的家燕来说，这样远距离的飞行是很艰巨的。平均下来，大约有50%的成鸟和80%的幼鸟在迁徙过程中死去。

**❼ 欧洲白鹳**：由于人类的捕杀和人工合成化合物对其繁殖地的污染，欧洲白鹳的数量每年都以10个百分点的速度减少。它们迁徙的距离约2 000～10 500千米。为了取暖，它们会结成500只左右的群体一起飞行，在飞越海洋的时候，它们会螺旋上升，越飞越高。

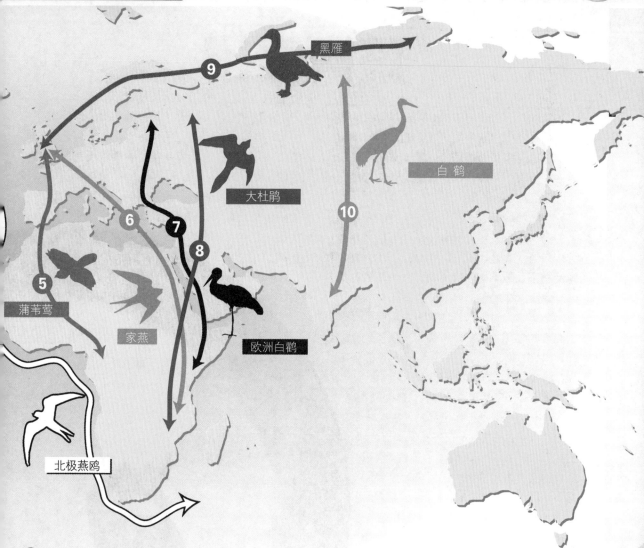

黑雁

⑨

大杜鹃

白 鹤

⑩

⑥

⑦

⑧

⑤

蒲苇莺

家燕

欧洲白鹳

北极燕鸥

⑧ **大杜鹃**：雌大杜鹃会在其他鸟类的巢穴中产卵(最多可达25枚)，然后，它们就会迁徙。幼鸟仍会继承它们亲生父母的迁徙模式。大约一个月后，它们会沿着父母的迁徙路线，进行4 500~12 000千米的旅行。

⑨ **黑雁**：黑雁是生活在北半球的一种雁。它们可以从欧洲飞行3 000~6 500千米的路程，到达西伯利亚东北部的弗兰格尔岛营巢。

⑩ **白鹤**：由于白鹤在越冬地受到干旱和污染的影响，它们正面临严重的威胁，数量只剩下4 000只。对于这些白鹤来说， 4 000~5 000千米的飞行也是相当艰巨。由于这个原因，美国设立了人工饲养计划。人类在保护区抚

育、饲养幼鸟，这样它们的蛋就能够安全地放回到灰鹤巢穴。灰鹤向西飞越更长的距离，远离污染和狩猎者，到达安全的地方。

### 标出它们的飞行情况

为了过冬，鸟类会迁徙很长的距离到达食物丰富的地方。根据它们的飞行模式，你能够推测鸟的种类与它们的飞行距离之间的关系吗?找一种本文没有提到的鸟类进行更深入的研究。相对于其他种类的鸟来说，它们的飞行距离是近了还是远了?为什么它们需要迁徙?想出一种有创意的方式与班上同学交流各自的发现。

 课 程 活 动

# 破壳而出

瞧瞧你——一小团湿乎乎的羽毛，睡在一堆稻草上，碎蛋壳散落在你的四周。不容质疑，你已经精疲力竭了。从蛋变成小鸡是一个艰难的过程。不过，你也许已经什么都不记得了，那么让我们来共同回忆一下……

①刚开始，你是母鸡(你的妈妈)卵巢中蛋黄上的一个小点，你与蛋黄组织共同构成了母鸡的性细胞。然后一只公鸡(你的爸爸)的性细胞使你受精了。结果，你就变成了一个胚胎，柔软而有弹性，外面包着一层坚硬的壳。

②第一天过去了，你从母亲温暖的体内到了温暖的外部。这就是你接下去要待的地方，在你妈妈的腹部下方，要经历3个星期的孵化过程，将会是多么巨大的变化呀！

③首先，一层干净的薄膜从外壳的上端往下生长，渐渐地把你包起来，形成一个透明的袋子。其实你早已经被保护在柔软的"蛋白"之中了，不过这层薄膜对于外界碰撞、打击时的保护作用更为显著。另外，你开始漂浮在液体中了。

④大约过了4天，你的身上开始长出另外一层膜，它与血管相连接，使得养分和氧气能够进入胚胎。这层膜还有排除二氧化碳等废物的作用，它把这些气体从壳的小孔中排出去。

⑤这段时间，你根本看不出是什么动物，事实上，你根本就没有小鸡的样子。你身上灰白色的线条显示将来你脊椎的位置，你这个胚胎与任何一种脊椎动物的胚胎相似。不过，4天以后，你就会开始长出翼芽和尾芽。10天左右，你的形象就不容置疑了：头、脖子、身体、翅膀和腿部都显示你是小鸡！

⑥很快地，又长出了其他的东西：你的皮肤上开始长出羽毛。在壳中待到十五六天的时候，你发现自己已经浑身覆盖着柔软而美丽的绒羽。

不是每只鸟的胚胎都有羽毛，知更鸟和啄木鸟在孵化阶段，几乎不长羽毛。但是，在地面栖息的种

类，如鸭子和雉鸡，它们的幼鸟一出生羽毛就生长得非常完好、强壮。它们必须如此，因为地面上的肉食动物要比树上的多，幼鸟也必须具备快速逃避的能力。你那么早就长出了羽毛，证明你与生活在地面上的野生鸟类有亲缘关系。

⑦现在，你已经在壳中待了18天时间，蛋黄几乎已经完全消失。为了摄取营养，你把它们消耗殆尽。你已经长得那么大，几乎把整个蛋壳都填满了。你的身体器官和系统已经发育完全。在你的喙尖旁边长出了非常特别的东西：一只锐利的鼓包，我们称作卵齿。时间差不多的时候，你自然会知道应该如何使用它。

⑧3天后，时间终于到了。你把自己的喙伸到蛋壳和靠近蛋壳较大端内膜之间的气囊中，你的肺第一次吸入了空气。

⑨戳、戳，你用卵齿把蛋壳击破。扭动、转身，把这个洞当作起始点，你在蛋壳内转了一圈，在蛋壳上挖了一长条水平裂缝。啾啾啾啾，这一切是如此令人兴奋，你再也无法保持安静了。

⑩你不停地推，直到蛋壳分成两半。然后你用脚猛力一踹，你自由了。不过，你也累了。

现在，你必须把湿透了的羽毛弄干。两个小时内，你会是一个无所畏惧的毛茸茸的探索者，在鸡棚内到处乱啄，到处蹦跳。6个月内，你会变成一只漂亮的标准大小的小鸡。但这会儿，你需要小憩片刻。

## 关于鸟卵颜色的思考

就连鸟卵也对它们所处的环境具有适应性。爬行类的卵通常都是白色的，因为它们大多数会把卵产在沙地或松散的土壤里。知道了这一点，科学家就能够推测出早期鸟类的卵可能也是白色的。为什么他们会这么想呢?为什么小鸡的蛋是白色的?为什么有些鸟下的蛋带有斑点，或是其他颜色的?

课 程 活 动

# 爱鸟之人

研究鸟类的科学称为"鸟类学"（ornitholgy）。随着时间的变迁，鸟类学的研究也发生了很大的变化。有三位先驱对鸟类的发展做出了很大的贡献。约翰·詹姆斯·奥杜邦（John Jamas Audubon）拓展了鸟类学的研究内容；勒德洛·格里斯科姆（Ludlow Griscom）总结出了该如何去研究；而罗杰·托里·彼特森（Roger Tory Peterson）则发展了一套独特的研究体系，简化了鸟类研究的内容和方法等，使每个人都能很容易地分辨出鸟的不同种类。而他们三人都有一个共同之处，那就是对鸟的热爱。

## 如何开始

奥杜邦是19世纪初著名的野生动物艺术家。他在鸟类研究方面并没有接受过专门的训练，并经常遭到他妻子及其家人的批评："他不停地将时间浪费在捉鸟、画鸟和喂鸟上

约翰·奥杜邦

……我们担心在这个世界上，他永远也不可能达到实用的目的。"但是，奥杜邦却把他对鸟的热情转变成了一项事业。之后产生了一门科学——鸟类学。他对鸟类学的热爱有助于引起人们对此领域的关注。

19世纪的鸟类学注重对鸟类祖先和不同群体之间关系的研究。然而，奥杜邦却提出了研究鸟类行为的观点。他对于研究鸟的习性、交配方式、迁徙习惯、鸟巢和营巢行为等颇感兴趣。也许他对鸟类学最大的贡献就是他的著作《鸟类学史》（Ornithological Biography）的完成。《鸟类学史》共5册，涵盖了500多种鸟类，于19世纪30年代出版，证明了奥杜邦不仅仅是一名野生动物艺术家，更是一名科学家。

奥杜邦很多研究成果和图画，都源于他对自己猎杀的鸟的研究。他20多岁时，在肯塔基的路易斯维尔，和他的一个朋友在树上挖出了一个洞穴，即我们所知的雨燕窝。当奥杜邦判断出树上有数千个窝之后，他们开始捕捉并杀死了115只，以供研究之用。

另外一次在野外，奥杜邦对一群苍鹭产生了兴趣，并开始进行捕杀和研究，结果却发现很早就有另外一位鸟类学家对这种鸟进行过研究了。

其实在那个时代，奥杜邦根本就没有超出常理。19世纪初期，捕杀、收集和展示动物战利品或制作、收藏动物标本是很流行的。

## 改变想法

20世纪，保守集团形成，开始对人们以科学研究为目的或者为了制作衣物和帽子等目的而滥杀鸟类的行为提出了异议。鸟类学者决定重新考虑他们的研究方式。在很长的一段时间内，相对于"鸟枪学派"的研究方法来说，人们更推崇在鸟类自然生活环境中进行研究，而不是先杀死它们。

鸟类学家勒德洛·格里斯科姆就信奉这一观点。"我从1898年开始研究本地的鸟类，"他说，"与波士顿不一样的是，纽约市对鸟类观察的热情并不受尊敬，那样做一点都不可行。在那儿，你可以捕捉并射杀鸟类，却不可以仅仅用来观察。"格里斯科姆依赖于野外观察，以及可以远距离正确地识别鸟类的能力，总是受到传统鸟类学者的质疑。有一次，他和一位仍然坚信必须捕杀鸟类才能识别它们的鸟类学者一起在野外工作，格里斯科姆辨别出了一只雌性栗颊林莺。为了确认，那位传统鸟类学者杀死了那只鸟，结果发现真的是一只雌性栗颊林莺。后

来经过格里斯科姆的多次正确鉴别，终于说服了这位传统鸟类学家，使他承认研究鸟类并不一定必须捕杀它们。

格里斯科姆的野外观察技术很简单："我每次去外旅行的时候，都带着一本日记本。把我所看到的鸟类、各种鸟的精确或大致的数目及足够的天气和迁徙等相关资料记录下来……根据这些记录，我可以很容易地把我目前正在研究的特定领域以外的数据排除掉。"

不过，格里斯科姆也认为有时候为做研究而捕杀鸟类也是必要的。"野外工作的大量经历使我相信……对标本的保护，无论是为了正确鉴别稀有品种，还是为了丰富本地具有高度教育意义的博物馆展览收藏(如果确实是为了此目的)，都有助于增强人们对科学的兴趣。"

## 新思想

杜邦和格里斯科姆两人对鸟类学界的影响，都在罗杰·托里·彼特森的研究中得到了最好的体现。彼特森不仅与格里斯科姆一起工作，而且他跟奥杜邦一样，在画鸟方面也花了大量时间。与奥杜邦和格里斯科姆一样，彼特森对鸟类观察的热爱一开始也是缘于自己的爱好。"我对鸟类是如此痴迷，这使得我跟大家完全格格不入，"成长于20世纪初的他说，"那个时候，在我成长的地方，甚至整个国家，鸟类观察者都屈指可数，他们被看作是怪人。"

不过，他于1934年把自己收集到的信息编辑成一本书，鸟类研究就成了他的一项事业。书名叫做《野生鸟类指南》(A Field Guide to the Birds)。他对于是什么使得他显得格格不入非常清楚："其他鸟类学家……都已对大多数鸟类作出了专业的标记。我把他们的研究资料与自己的视觉观察结合起来……并坚持自己的观点。"

罗杰·托里·彼特森

彼特森在书中提出了"彼特森分类系统"(Peterson Identification System)。传统野生动物分类方法需要鸟类观察者对鸟身上的每一个部分都进行实际的鉴定，包括从羽毛的条纹和颜色到身体大小，从足、翅膀到爪子和喙等。彼特森的分类方法使得鸟类观察者只需认出鸟类的一小部分身体特征，就能鉴定出鸟的类别。他运用野生动物标记，就像鸟类的"指纹"一样，而不是靠鸟类的特殊体色、脸形、翅膀、翼尖、尾巴或身体等来分类。

勒德洛·格里斯科姆

鸟类观察

找一个离学校或离家近的地方，可以很容易地观察鸟类。每天同一时间到这个地方观察鸟，并制作一份鸟类行为日志。它们在做什么?它们一直在啾啾地叫吗?它们发现你了吗?

课 程 活 动

# 鸟的大脑

## 一见钟情

由于一种叫做印痕行为（imprinting）的现象，一些鸟类可能会对究竟谁是它们的母亲产生迷惑。印痕行为这个词是由奥地利动物学家劳伦·伊斯里（Loren Eisley）发明的，指鸟类生活中与它们的母亲耦联（bonding）的那段时期。通常情况下，这一时期发生在小鸟孵出来之后不久。一旦耦联关系建立起来，就很难解除——这会影响幼鸟了解社会和学习生存技术的方式。

印痕行为在那些一孵出来就马上离开巢穴的动物身上表现最为强烈，如鸭子和鸡等。

也由于这个原因，大自然似乎就用这种方式，来保证幼小而无防备的鸟儿不会走到离母亲太远的地方。

当一只小鸭或小鸡从卵壳中出来并睁开眼睛的时候，它会认为它看到的第一个活动的物体就是它的母亲。它会一直跟随那个动物或物体，并模仿学习它的行为，如如何寻找食物或与其他动物打招呼等。

在林鸳鸯身上，这种由于印痕行为导致的耦联关系尤其强烈。由于印痕行为，小鸟能辨别出它母亲的叫唤声。这些鸟把巢高高地筑在树上，母亲

等着幼鸟孵出来，然后飞到地面上，向上叫唤它的孩子们。接着，幼鸟会一只接着一只地离开约15米高的巢穴，落到地面上，它们觉得在那儿就能够和母亲在一起了。

科学实验显示，如果印痕时期亲生母亲不在身边，一些鸟就会与其他的物体发生耦联关系——人手里的一只木偶、一只狗，甚至是一个小女孩。1996年的电影《远离家园》（Fly Away Home）里那些鹅就与小女孩发生了耦联关系。

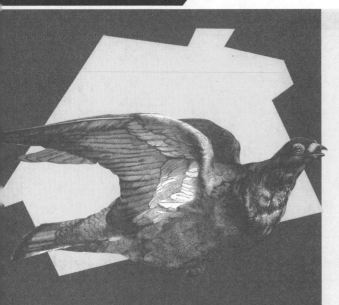

## 金窝银窝，不如自己的鸟窝

5000多年以来，人们运用某些鸟类把信息从一个地方传递到另一个地方。古埃及人是第一个使用这种信使的民族，他们喂养信鸽，因为信鸽具有惊人的导航能力。古埃及人发现如果你把一只信鸽养在家里，然后放飞到966千米以外的地方，它都能找到回家的路。最棒的是，它能够不停地以每小时72～80千米的速度飞行，这就相当于一辆汽车在高速公路上的行驶速度！

在人类历史上，信鸽曾经传递了极其重要的信息。一个是宣布凯撒征服高卢的消息，另一个是拿破仑在滑铁卢战败的消息。

信鸽是如何做到这些的呢？科学家还不是很清楚。有些人认为它们是利用太阳的位置以及地球磁场完成远距离飞行的。人们在信鸽的大脑中发现了一种含铁物质，叫做磁铁矿。通过地球磁场，这种金属能帮助它们确定自己的位置。换句话说，鸟的大脑中有一种内置雷达，能够告诉它们自己离开家有多远了。如今，法国军队仍然养有信鸽，以防正常的通信线路都被破坏时使用。另外，事实上有些现代化的医院，还运用信鸽把血液和组织样品发送到实验室，这信不信由你。运输这些重要货品的时候，用信鸽能够避免交通拥堵造成事情延误。

## 跟随领队者

对于我们来说，"V"可能代表着胜利，但对于大雁来说，"V"代表的是速度。如果你看过一群大雁在天上飞行，可能会注意到它们以"V"字形队伍排列：由一只领头雁形成一个点，其他大雁在其后方排列成两条对顶斜线。

这种队形有助于它们在冲破气流的时候形成一堵挡风墙。每一只鸟都利用前一只鸟的翅膀上、下通过的风，来控制自己的运动。这种队形还能节省能量，因为任何一只鸟都可以依靠前一只鸟的翅膀来帮助自己。当然，领头雁则得不到什么帮助。这就是为什么大雁要轮流充当领队在前面飞行。不过，以同样的能量飞行，排列的大雁群会比单只大雁能多飞71%的路程。

不仅仅鸟类使用这种排列方式。自从第一次世界大战人类第一次使用空军编组以来，飞行员便一直以V字形排列飞行。毕竟，对于大雁有利的事情，对于飞行员也是有利的。

### 家族关系

让你的父母，给你描述一下与你"耦联"的记忆过程。当你还是一个婴儿的时候：你是否盯着他们的脸看？听到他们的声音时，会立即转过头去看？当他们叫你的时候就会跑过去？跟着他们在屋子里跑？把你自己的耦联经历与鸭子的经历相比较。

课 程 活 动

# 再见，小鸟

你最喜欢的旺达姑妈是科学家。她正要去远离非洲海岸的印度洋上的多人岛旅行，调查一种蓝渡鸟，以及一种奇特的福洛喇树(fruitola)的问题。旺达姑妈认为带着你和你的一个朋友一同前往，对你来说将会是一个很好的度假方式。你同意了，因为这次旅行是免费的，而且住在海滩上确实很吸引人。

为了帮助你做好旅行准备，旺达姑妈要你阅读一些关于这座岛的文章。这些文章是第一批居住在那个岛上的欧洲人——荷兰海员写的。虽然从纸张的情况可以看出这些文章都已经很古老了，但其中对岛屿的描写非常有趣，还附有图画。

文章中写到，那儿有很多清澈、碧蓝的水，以及许多图中所画的大福洛喇树，树上的果实成熟了，累累果实把树都压弯了。那儿没有你在森林里可以找到的大动物，只有一些灰色的鸟——蓝渡鸟——在几千米的沙滩上漫步行走。相对于你所见过的大多数鸟类来说，它们长得有些怪异，看上去又大又重，翅膀短粗。而你对岛上凉爽宜人的气候印象深刻，特别希望能去那儿享受到阳光浴。

当你到达多人岛的时候，你有点吃惊。好多人居住在小木屋里，看上去很友好，不过他们的猫、狗、山羊、猪和老鼠都肆无忌惮地在外面乱跑。你觉得这些很讨厌。一位当地人告诉你，他们希望保持对自己的根的忠诚，希望自己像祖先那样生活。

你告诉姑妈，你很诧异会看到这么多人，但画中所描述的树木和鸟类会这么少。事实上，在整座岛屿上，你和朋友只找到了13棵福洛喇树，一只蓝渡鸟都没有看到。她告诉你们，这些人是荷兰海员的直系后裔，所以他们对岛屿的历史了如指掌。

很多文章里面都提到过蓝渡鸟和福洛喇树，不过你说得对——现在这儿已经没有这种鸟，福洛喇树也所剩无几了。事实上，这些树木也濒临灭绝。我们知道这些树已经有300多年的历史，虽然树上掉落下来的果实里面有种子，但是在过去的300年时间里，一棵新树都没有长出来。至于鸟嘛，这些当地人告诉我们，事实上早在1681年它们就已灭绝了。

流传下来的传说表明，蓝渡鸟是一种巨大但不会飞行的鸟类，是1507年那些荷兰海员到达这里的时候发现的。我来这里的任务是找出这些鸟和树究竟发生了什么问题。

旺达姑妈看上去很担忧，现在你也一样了。如果你能回答这些问题，旺达姑妈就会觉得轻松一些：蓝渡鸟到哪儿去了？它们在这个岛上吃什么？为什么那13棵福洛喇树能存活这么久？为什么老树的果实里面有种子，可是还是没有新树生长出来？

在这座孤岛上，我们发现了一些非常有趣的动物和一些长满了果实的大树，我们从来没有见过这样的果实。这些奇特的动物用爪子在地上拼命地抓，这些爪子看上去似乎能够把一个人撕成两半。这种鸟不会飞。我真希望我们能够收集一些标本带回家，否则没有人会相信我们航行万里看到了这样一种令人难以置信的动物。

这幅画上的动物只是我们在这个岛上遇到的动物中的一种。

答案请看第90页

# 打破寂静

阳光普照，百花齐放，但是所有的鸟儿都在……垂死挣扎。这个春天伴随我们的将会是一种新的声音：寂静。鸟的唧唧喳喳声会越来越少。究竟是什么原因导致这个国家变得如此寂静呢？

这一切都始于20世纪30年代，榆树枯萎病开始在全美国感染榆树——一种高大而漂亮的树木。而美国政府的对策是在这些树上喷洒一种高效化学杀虫剂DDT，杀死传播榆树枯萎病的榆树皮甲虫。"但是很快人们就发现有些不对劲。"雷切尔·卡森(Rachel Carson)描写了关于被喷洒过的树木及其周围地区的情况。"在鸟儿过去经常啄食和群集栖息的地方几乎看不到鸟儿了。几乎没有鸟儿筑建新窝，也几乎没有幼鸟出现。"

到了春天，卡森更清醒地意识到："化学杀虫剂正在杀死鸟儿，但却无法拯救榆树。"树木仍在不断死亡，现在生活在林中和周围地区的鸟类和其他野生动物正在经历着同样的命运。但是，接下去的几十年，当成千上万的鸟类死亡之时，政府仍然继续喷洒杀虫剂。

怎么能继续呢？因为那是一个很多人都把科学完全抛给了"专家"的时代。没有多少人，尤其是女人，会发言反对政府或大企业。雷切尔·卡森坚持要求停止这些意外的杀害。

## 意识到问题的严重性

卡森做了一件人们意想不到的事。她生于1908年，有很好的写作天赋。她的母亲培养了她对大自然的兴趣。10岁那年，她发表了第一篇文章。20世纪40年代，卡森开始就她对海底生物的研究写书。到了1945年，她已经很关注政府要使用杀虫剂这件事情。可是她

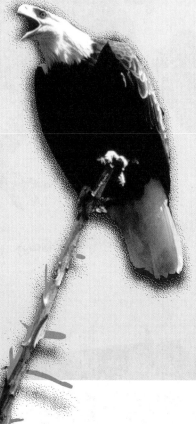

根本就找不到一本杂志会对这样质疑政府的"黑暗"主题感兴趣。

到了1958年，卡森看到DDT杀尽了她朋友家附近的鸟，而政府却要准备喷洒比DDT毒性更强的化学物质时，她便在自己的一本书中写道："从前，在美国中部有一个城镇，这里的一切生物看来与其周围环境生活得很和谐。……从那时起，一个奇怪的阴影遮盖了这个地区，一切都开始变化。……一种奇怪的寂静笼罩了这个地方。……在一些地方仅能见到的几只鸟儿也气息奄奄，它们战栗得很厉害，飞不起来。这是一个没有声音的春天。"

通过这种比喻的方式，她的观点在其最畅销的《寂静的春天》(Silent Spring)一书中初见雏形。卡森开始针对杀虫剂对整个生物链所产生的影响进行研究。她花了四年时间，研究DDT及更强效的杀虫剂的使用所产生的危害。为了得到政府和公众的关注，她写下了杀虫剂的毒害及其对整个生态系统的破坏，包括河流、土壤和野生动物等各方面。

大多数杂志害怕惊扰读者，丧失广告客户，都拒绝刊登卡森的文章。但是她仍然坚持着，她在给一个朋友的信中

雷切尔·卡森关心的不仅仅是自己院子里发生的事情，还有整个国家的情况。

写道："如果我保持沉默，我活着还有什么意义！"

## 公众的关注

到了1962年，卡森的书完成之时，她的周围形成了一股强烈的反对浪潮，他们试图破坏此书的可信性。评论家称卡森为歇斯底里病人、无知和危险的人物。有美国农业部撑腰，制造杀虫剂的化学公司花费巨额款项，试图证明此书的观点是错误的。

面对这样的攻势，卡森冷静地站稳自己的立场，仍然强调科学不只是科学家的事情，我们必须用简单诚实的语言把事实的真相公诸于众。"在我的每一本书中，"她后来解释道，"我都在努力地叙述，这个星球上所有的生命都息息相关，每一种生物都与其他的物种有特定的联系，所有这些也都与地球的生死存亡有关。这就是……《寂静的春天》的启示。"

《寂静的春天》没有做任何宣传，但销量空前，她用文学语言改变了美国的景象。在卡森的这本书出版之前，大多数人一般都不会使用"生态"、"环境"这类词语。但在此之后，它们成了人们的日常用语。卡森使人们意识到必须对这个地球负起责任，否则它就会被彻底破坏。卡森开始受到公众的支持，她的书也说服了约翰·肯尼迪总统，他下令对书中提到的化学物品进行化验。

《寂静的春天》就好像投入池塘里的卵石，带来了无数美丽的涟漪。举个例子，看看美国的象征吧。DDT破坏了白头鹫(Bald Eagle)的繁殖能力，受到杀虫剂影响的鹫所产的卵的卵壳很薄，这导致孵出的小白头鹫的数量逐渐减少，因此，白头鹫开始逐渐消失。《寂静的春天》帮助人们意识到DDT的危害，因为白头鹫一旦完全消失，就再也不可能回来了。

1964年卡森逝世前不久，她给一个朋友写了封信："生命的美丽在我的心里占据了最重要的地位，我一直努力地保护它们。看到人们做的这些毫无意义的野蛮的事情，我很生气……不过，现在我感到了些许安慰，因为至少我已经得到了一定的支持。"

## 注意侵掠者

雷切尔·卡森对于保护大自然和野生物有着很真切的感受，但是当她不得不把事实告知政府和公众的时候，只有事实是站在她这边的。为了真实地描写杀虫剂，卡森不得不亲自研究此课题。设计一项计划，把这些信息散布到群众当中。而你的目标是使公众对这个问题的关注程度，足以让政府根据你的文章制定一项法律。

课 程 活 动

# 鸟类杂谈

## 夜间飞行

猫头鹰能够很轻易地在黑暗中捕捉到猎物。它们的眼球很灵活，即使它们站在树枝上居高临下，而啮齿动物远在数千米以外的地面，也能够瞬间聚焦于任何一个地方。另外，它们眼睛里的瞳孔——眼睛前部的黑色圆点，可以透过光线——可以张得非常大，这样就能够看到事物。从而能够将其周围的光线尽可能多地聚入眼睛，使得它们即使是在黑夜也能看得很清楚。

## 很容易满足的动物

大多数哺乳动物吃什么或不吃什么，取决于食物的味道和气味，而鸟类则明显地没那么挑剔。也许这是因为相对于哺乳动物来说，鸟类的味蕾很少。鹦鹉大约有350个味蕾，而兔子有17 000个。

## 嘎嘎嘎地交谈

有些鸟类，如鹦鹉、乌鸦、渡鸦和部分松鸦，看上去似乎能够说话。事实上，它们只是在模仿人类发出的声音。一只鸟的"说话"能力取决于其舌头的结构，而并非它的智力。大多数生物学家认为，鸟类并不能真正理解它们所说的事情，但它们可能意识到了特定的话语与行为之间有着一定的联系。

## 聪明的鸟脑袋

大多数人认为称某人"鸟脑袋"是一种侮辱。错了！很显然，关于鸟类智力低下的荒谬说法源于鸟类的脑袋很小这一事实，于是人们想当然地认为它们不够机智。1960年，神经学家斯坦利·科布(Stanley Cobb)在研究动物大脑的时候发现，乌鸦家族的成员——包括喜鹊和渡鸦——通常具有鸟类当中最大的大脑，拥有最多的脑细胞。

它们的大脑和全身的比例能达到海豚的比例，几乎与人类的比例相等。

## 鸟类的适应性表现

▶ 天鹅的长脖子有什么用？
有助于天鹅吃到水下的植物。

▶ 为什么有些鸟喜欢站在犀牛背上？
啄牛鸟，一种红嘴的灰色鸟类，用它们镊子状的嘴巴取食犀牛背上的跳蚤和扁虱。

▶ 穴鸮如何保护自己？
当有入侵者把头伸进它们地下的巢时，它们会模仿响尾蛇的声音。

▶ 为什么雄孔雀的羽毛上长有眼状图案？
敌人靠近的时候，孔雀就展开翅膀，敌人就会看到一排可怕的"眼睛"正盯着它。

## 淋浴之美

▶ 鸟类并不真的洗澡——它们清洗身体的时候更像是淋浴。站在浅水滩中，鸟类把腹部浸入水里，然后用翅膀击打水，借以冲刷自己。

▶ 洗澡之前，鸟类通常竖起羽毛。一般情况下，它们的羽毛上有一层油，可以保持羽毛柔软光滑，防止细菌滋生，还起防水作用，否则它们被雨淋湿就无法飞行了。而把翅膀竖起来是为了能够弄湿身体更多的部位。

▶ 一些鸟在雨中清洗自己。云雀站在地面上，将翅膀向外展开，鹦鹉则将翅膀和尾部羽毛都展开。

▶ 洗澡之后，鸟类会抖动翅膀，拍打羽毛，把羽毛自然地向后理顺。

## 熟悉的声音

就好像是生活在同一个国家不同地区的人们，却说着同一种语言的感觉一样，鸟类的叫声在不同的地方也是不同的。同一种鸟生活在不同的地方，其叫声也有些许差异。

## 仔细倾听

显而易见，啄木鸟的名字是源于它们最喜欢的行为：啄木头。它们用喙啄击树木，用大量的时间来寻找那些爬进树缝里的小昆虫。它们是如何找到小虫子的呢？啄木鸟具有卓越超群的听力：它们不仅能听到树木周围昆虫爬动的声响，而且还能听出树里面树液流动的声音。有树液的地方，就有饥饿的昆虫。

## 受尊敬的火鸡

18世纪80年代，本杰明·富兰克林提出火鸡是最佳的国鸟。他觉得，本国的火鸡远比美国议会钟爱的白头鹫(Bald Eagle)更值得尊敬。可是，1782年6月20日，美国议会还是将白头鹫确定为美国北部的民族象征。

## 幻想飞行

好几个世纪以来，人类一直渴望能够像鸟儿一样在天空翱翔。人们使用各种各样的材料，精心制作了带有羽毛的翅膀，从高处往下跳，拼命地振动着双臂，可最终都只能以摔向地面告终。

现在，我们知道了一个事实：人体太重了，肌肉也不够强壮，无法完成飞行。另外，人体心脏的供血速度也不够快，不足以支撑翅膀的拍打速度。例如，在静止的时候，人的心脏每分钟跳动 60 ~ 80 次，而燕子能跳动 880 次。

## 不会觉得冷的鸟类

企鹅在冰冻的低温下也能生存。为了取暖，有些企鹅聚集在一起。在企鹅的皮肤下面也有天然的绝缘体——厚厚的一层脂肪。另外，它们的翅膀还能在皮肤和外界之间保留一部分空气，这也有助于保暖。最有用的是，企鹅在进入可能会散失身体热量的地方之前，它们有能力首先主动把体表温度降下来以减少热量散失，例如它们冲进冷水中时。

# 鸟儿的回归

1914年9月1日下午1时，一只名叫玛莎的29岁旅鸽在辛辛那提动物园死亡。这一事件有多重要呢？19世纪初，成千上万的旅鸽成群地飞翔于空中，有时候队伍甚至会长达几千米。事实上，到19世纪中期，地球上旅鸽的数量还比其他任何一种鸟类的数量都多。可是，到玛莎死之前，它已经是最后一只活着的旅鸽了。

我们可以很容易理解这种鸟灭绝的原因。当一批西方移民入住北美的时候，他们将鸟类的肉、油脂和羽毛充当食物、制作衣服。猎人对这些鸟也非常喜爱，因为每一群鸟的数量都如此之多。当人们砍伐森林建造农场、城镇和铁路时，很多东方栗子树和橡树——旅鸽最主要的食物来源和筑巢场所——被砍掉了。

科学家和动物园管理者认为，这些鸟永远都不可能回来了，因为它们需要大群的旅鸽同伴来完成繁殖和迁徙工作。另外，有许多森林被砍伐，鸟类的营巢地点也变少了，如果没有巨大的群体，旅鸽就无法与其他的鸟类竞争营巢场所。

通过你所掌握的关于旅鸽、鸟类适应性和迁徙方式的知识，设计一个将它们带回世界的方法。注意考虑以下几点：

1. 旅鸽曾经碰到的所有问题，如今可能仍然存在。应该制定什么样的法律，让它们过得舒适一些？
2. 这个旅鸽新种群应该放养在哪里？这会影响它们的迁徙吗？它们会跟其他的鸟类竞争吗？
3. 为了使这些鸟从生理上适应它们新的现代环境，我们应该在哪些方面做一些改变呢？
4. 你要如何将政府拉拢到你的计划里面？

## 旅鸽点滴

① 旅鸽生活在美洲东部，从加拿大边界一直到墨西哥湾。

② 在这个地区范围内，它们在北部繁殖，到南方过冬。

③ 曾有一大群一大群旅鸽生活在密歇根州南部和俄亥俄州。

④ 它们喜欢吃橡子、种子和浆果。

⑤ 旅鸽每小时大约能飞行96千米。对于鸟类来说，这是非常惊人的速度（见"年鉴"中的图表）。约翰·奥杜邦这样描述它们："一闪而过。"

⑥ 旅鸽的迁徙和筑巢行为使它们很容易被捕获。

### 第84～85页"待解之谜"的答案

多人岛上蓝渡鸟和福洛喇树的神秘故事，是根据一种真实的鸟——渡渡鸟（见第27页图）和一种真实的树木——大颅榄树的灭绝所编写的。渡渡鸟和大颅榄树都生长在毛里求斯岛上。这些鸟不会飞，那儿还没有肉食动物的时候，这并没有什么影响，它们靠从树上掉下的果实为生。然而，那些在1507年发现这种鸟的荷兰海员，为了建造住处，砍掉了许多大颅榄树。而他们带来的动物便成为了捕食温顺而不会飞行的渡渡鸟的肉食动物。

没有新的大颅榄树生长出来，是因为它们的萌芽需要渡渡鸟的帮助——这就是为什么现有的树都已经有300年历史的原因。这些树的果实中有一粒很大的种子，外面包着一层又厚又硬的外壳。当渡渡鸟吞进果子，果实在酸性很强的胃液里被磨碎了外壳。如果没有渡渡鸟碾碎这些壳，种子就无法发芽、生长。

# 昆虫

# 昆虫

　　野餐时候看到的蚂蚁，墙上趴着的苍蝇……只需向窗外眺望，或者到院子里走走，你就一定能发现昆虫的存在。我们的身边，昆虫无处不在，只是有时候我们能发现它们，有时候不能发现，但它们确确实实是在那儿——屋子里、空中、车道上的水洼中、地底下、树上。

　　这是好事情。当然，有些昆虫确实是害虫，它们破坏农作物、传播疾病。但是我们也依靠昆虫给果树传授花粉，控制害虫，以及处理垃圾。另外，好多鸟类等动物是以昆虫为食的。

　　昆虫必须具备以下几个条件：三个体段和六条腿。身体的三部分分别为：头部、胸部和腹部。很多昆虫还有其他共同特征，例如翅和触角。与蜘蛛、贝壳、蝉及其他一些动物一样，成年昆虫具有一层保护性的外骨骼。让我们以黄蜂为例，仔细地观察一下昆虫的身体结构。

**特征：触角**——如果你知道触角是感触器，你就可能猜出它的一项功能。大多数昆虫的触角用于感触外界，也有的用于嗅觉和味觉，有时还用于听觉及抓握猎物。（蜂类触角的主要功能是嗅觉和触觉。）

**特征：复眼**——大部分昆虫有两种眼。小的单眼，只能感光；复眼由许多不同的小眼组成。科学家认为，复眼能感光并能觉察到各个方向的运动，但不像人类那样具有很好的视觉分辨率。

**必要条件：外骨骼**——外骨骼主要由一种坚硬而具韧性的称为几丁质的物质组成。与人类的骨骼不同，外骨骼不能生长，所以当昆虫长大时，它们必须先脱掉小的外骨骼，长出一个更大的外骨骼。

特征：翅——和很多昆虫一样，黄蜂也有翅。黄蜂有两对翅，前后翅通过翅钩连在一起。昆虫的翅非常灵活，所以飞起来很容易。翅还有其他功能：有助于伪装，有助于同种成员之间的相互识别，以及吸收阳光来协助昆虫调节体温。

必要条件：头部——身体上重要的取食、视觉、嗅觉和触觉器官（口器、触角和眼）都位于头部。

必要条件：腹部——昆虫的腹部有消化道和生殖器官。腹部与胸部一样，也有气门。

必要条件：胸部——翅和足均附着在昆虫的胸部。胸部也是昆虫进行呼吸的场所，空气通过胸部被称为气门的小孔出入。

必要条件：腿——所有的昆虫都有六条腿。腿的末端是爪，可以抓附在物体表面、捕食和挖掘。

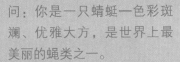

# 飞扑和掠取

与一只蜻蜓的对话

问：你是一只蜻蜓一色彩斑斓、优雅大方，是世界上最美丽的蝇类之一。

答：哦，非常感谢你的称赞，但你说的也不全对。

问：你难道不漂亮，不鲜艳，不优雅吗？

答：哦。这些都正确，而且远不止这些。我是世界上最大最古老的昆虫的后裔。早在3亿年前，也就是在恐龙诞生之前，地球上就已经有海鸥那么大的蜻蜓在空中飞翔了。直至今天，我们仍然是世界上最大的昆虫之一。有些蜻蜓的翅展开来有你手掌的两倍大。

问：哇，真令我大开眼界！那么，又有哪些是不正确的呢？

答：我不属于蝇类。千万不要搞错，我和那些苍蝇、蚊子有很大的区别。事实上，我能够几十个、几十个地吞食它们。

问：请告诉我你们之间的区别好吗？

答：好的。让我们从最基本的翅开始。我有两对翅，跟我身上的其他部位一样，非常迷人，翅上的脉络非常精致，图案美观。两对翅整齐地分成两组，身体的两边各有两只，一前一后地排列。飞行的时候，我摆动着两组翅膀，前、后、前、后，方便又舒服。每秒摆动30次，而且几乎不发出任何声音。

问：那么，蝇类呢？

答：它们只有一对翅，翅后面有一对由翅膀退化而来的叫做平衡棒的粗短的东西来辅助它们保持平衡。可以想象，它们老是疯狂地来回拍打着翅膀，发出讨厌的"嗡嗡"声。

问：可是，蝇类能够把翅膀向后折叠，而你的翅膀只能保持着水平，很累的。

答：天啊！谁需要折叠翅膀来着？我这两对固定的翅表现得如此出色，几百万年都没有发生过任何变化。我翅上的肌肉比其他任何昆虫的都强壮。不容置疑，我绝对是一个空中奇才。我能忽上忽下、前后左右地盘旋，能远距离飞行，速度可以比得上奔跑的鹿。另外，翅一直向外伸展，随时准备好了翱翔，并做我最喜欢做的事情——飞扑。

问：为什么你最喜欢飞扑呢？

答：因为这是我获取食物的方法。当然，在我抓到猎物之前，我必须先侦察到它们的位置。不过这很容易，因为我有非常锐利的眼睛，这也是我区别于普通家蝇的地方。

问：等一等。蝇类的眼睛跟你是一样的啊，也是由无数个很小的眼组成的大眼睛啊。

答：你说的是复眼。大多数昆

虫都有复眼，蜻蜓也是，当然蝇类也一样。但是蝇类的眼睛跟我的还是有区别。就眼和头部的比例来说，我的眼睛远比蝇类的要大，由大约30 000个小眼组成，而家蝇只有4000个左右，跟我无法相提并论。

问：好的。那么，小眼多又有什么好处呢？

答：小眼越多越优越啊！小眼越多，我就能看得越清楚。有些小眼向上，有些向下，有些向前，有些向后，我能从各个方向观察事物——完美的360度视角。我的视力让我能发现12米外的细微运动。如果有可以吃的东西，我就能观察到；如果有天敌想吃我，我就能逃跑。

问：你发现了美餐以后会怎么做呢？

答：我会把强壮有力、长满细毛的腿搭在一起，形成一个篮子状。然后，我猛扑下去，瞬间抓起蚊子之类的东西，一顿美餐就到了篮子里了。我就在飞行过程中大口大口地咀嚼美食，可口极了。

问：听上去很有趣。

答：那当然。可恶的是蜻蜓的生命如此短暂——作为成年蜻蜓的时间实在是太短了。成年蜻蜓只能存活几个星期。不过在这之前，还有一两年的时间处于若虫阶段。那个阶段也非

常有趣，那是我的捕猎技术得以培养提高的阶段，虽然那时还处于一个完全不同的生活环境之中。

问：不同的环境？这是什么意思？

答：当我还是若虫的时候，我生活在水中，而非空中。我生活在池塘里，食用小的水生生物——如果运气好的话，还能吃到小鱼。若虫有特殊的武器——一个大约有身体一半长的可折叠的脸盖，脸盖伸出可以捕食猎物。脸盖末端有钉状和钩状物，可以抓住猎物并将猎物拖回若虫的口器中。你瞧，即使在那时候，我也是自己攫取食物，而且捕食速度还相当快！从伸出脸盖到收回猎物的过程只需要大约0.1秒。

问：最后，能不能就你们种类拥有如此长久而精彩生活的原因作一个总结？

答：当然可以。体形、视力、速度和无可比拟的空中技术，当然还有谦虚的精神。

## 飞行数据

很多昆虫都会飞，但是种类不同，翅的大小、形状和数目也有所不同，飞行速度和翅每秒钟拍打的次数也不同。虻的飞行速度约为每小时14.5千米；小蠓每秒钟振翅1000多次，而蜜蜂每秒钟振翅190次。请找出10种昆虫的飞行速度和每秒振翅频率，并画出图表。根据图表，对于每秒翅振频率与飞行速度之间的关系，你能得出什么结论？

课 程 活 动

# 它们导

　　每一种昆虫都是从卵开始的。从卵到成虫的形态变化我们称作变态。一些昆虫的变态是完全变态——在其生长发育每个阶段的形态都截然不同。另外一些昆虫的变态是不完全变态，即昆虫在幼期就已经具有了成虫的体态，随着年龄的增长，只是形体越变越大而已。

**第1天**

## 卵

　　一只雌性天蚕蛾一次能够产下100多粒卵。通过分泌出的黏液，它把这些卵一堆堆地黏在树叶的背面。

**第7～14天**

## 幼虫

　　幼虫从卵中孵化出来。虽然它毛茸茸的，但它的确是昆虫。它的主要任务就是吃东西。在它长大的过程中，外骨骼会脱落数次，颜色会由黑色转变为绿色，并带有橙色球形的凸出斑点。

# 不完全变态：雌蝗虫

**第1天**

## 卵

　　夏末秋初，一只雌性小翅苯蝗在土壤里产下20～100个受精卵。然后每粒受精卵中都会有胚胎开始孕育。到了冬天，胚胎停止生长，进入冬眠。春天来临，气温上升，胚胎又继续生长。

**第7～9个月**

## 若虫

　　各个胚胎破壳而出。若虫刚开始呈灰白色，几个小时后，就会变为成虫一样的颜色了。若虫身上长有小的翅芽，翅就从这儿长出。它们吃草、树叶及其他植物。在它们的生长过程中，外骨骼会脱落数次，每次脱皮之后都更接近于成虫的样子。

# 怎么变的

## 完全变态：雌蛾

惜古比天蚕蛾

**2~3个月**

### 蛹

幼虫充分发育后，就向地面移动，并开始吐丝结茧，这需要几天的时间才能完成。结成的茧非常坚韧，能忍受任何天气状况。整个冬天，蛹处于休眠状态。一到春天，变化就产生了。

### 成虫

**9个月**

春末，完全发育的蛾破茧而出。首先，它必须把血液注入其柔弱的翅中，使其伸展开来。一天后，蛾开始会飞。在它两个星期的生命周期中，蛾会交配，新生命随之诞生，如此开始了新的循环。

东部小翅苯蝗

若虫大约脱皮5次之，就成了成虫。它有两生长完好的翅，能够生。这以后，成虫还能存几个月。

**30~40天后成虫**

### 成虫

## 生活方式　　　课 程 活 动

请研究下列昆虫的生命周期：

萤火虫　叩头虫　纺织娘　水甲　蟑螂　大黄蜂　蜻蜓

就以上各类昆虫回答下列问题：它们分别采取哪种变态方式？它们的卵分别产在什么地方？幼期叫什么？幼期生活在哪儿？幼期以什么为食？把所有答案整理成表格。并根据数据分别归类。

# 我们就是世界

除了海洋深处之外，昆虫也遍布在世界上各个角落。无论在哪儿，所有的昆虫都拥有同一个祖先和相同的身体特征，如身体分为三个部分，有六条腿，有呼吸器官等。不过，昆虫的种类远比地球上其他动物的种类要多。这是为什么呢？因为对于生活环境的不同特点，不同种类的昆虫都通过进化拥有了各种不同的适应能力。一些种类能适应炎热的气候，而另一些则习惯于生活在寒冷的地方。还有成千上万更多种的昆虫生活在各种复杂的环境里。

## 昆虫的支配地位

到目前为止，科学家所知道的动物种类共有150万种，其中昆虫有118万种，也就是说昆虫的种类占了世界上所有动物种类的80%，这个比例是相当大的。

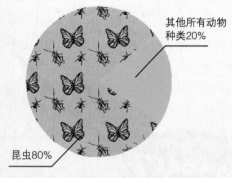

其他所有动物
种类20%

昆虫80%

## 兄弟群体中位居首位

那么，如果把所有的昆虫种类加起来情况又如何呢？与它们的无脊椎动物同类——蜘蛛、蚯蚓、蛤、海星和螃蟹——相比较，你会发现昆虫的种类占绝对多数。它们的种类大约是其他所有无脊椎动物总和的4倍。

热带金龟子

## 热力甲虫

世界上共有25万种甲虫。这一数字比其他任何一类昆虫的种类都多！显然甲虫类在数量上占据了优势地位，但还有几类昆虫的种群数量也相当大。这几种种群数量很大的昆虫的总种类数大约占已知昆虫种类的2/3。

甲虫：超过25万种$(2.5 \times 10^5)$

蝴蝶与蛾：超过15万种$(1.5 \times 10^5)$

蜜蜂、蚂蚁和黄蜂：10.8万种$(1.08 \times 10^5)$

臭虫：大于8.2万种$(8.2 \times 10^4)$

蚱蜢和蟋蟀：2.3万种$(2.3 \times 10^4)$

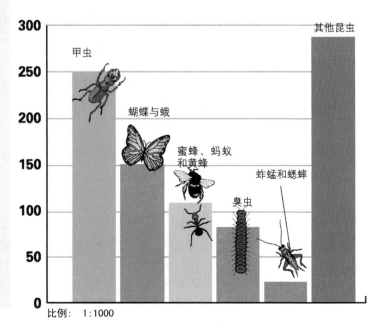

比例： 1:1000

# 昆虫数量统计

我们知道，世界上有各种各样的昆虫，但是昆虫的个体又有多少呢？大概没有人能够对地球上昆虫的数量给出一个确切的答案。加拿大生物学家布赖恩·霍金(Brian Hocking)估计地球上大约有$1×10^{18}$只昆虫。

如果把这些昆虫的重量都加起来，大约有27亿吨重，而地球上活着的60亿人口的重量总和大约才4.5亿吨。所以所有昆虫的重量之和大约是人类总重量的6倍，这真是不可思议。让我们来看看，葛利亚甲虫是人们所知道的昆虫中最重的，但也只有100多克重，一个68千克重的人大约比一只歌利亚甲虫重600倍。

新蝉从这些孔中羽化出来

## 个体数量多可以确保种族安全

蝉经常被称为蝗虫，其实它们并不是同类。相对蝗虫来说，蝉对植物造成的危害很小。蝉的若虫在地底下发育13～17年的时间，时间的长短取决于蝉的种类，然后它们会突然变成蝉出现。当它们变成蝉的时候，每平方米土地中大约会钻出250只。据科学家推测，蝉的巨大数量是它们得以存活的保障。它们有大量天敌——鸟类、狗、浣熊及其他动物——然而它们几乎没有防御能力。但是由于它们的数量是如此之多，仍然能确保足够的存活者来完成传宗接代的任务。每只雌蝉从钻出土壤到死亡的几个月内，大约能产下600粒卵。

## 往前看

科学家不能确定迄今为止地球上究竟还有多少种动物尚未被发现。不过生物学家认为大多数未被发现的动物会是昆虫——大概有300万种，其中大部分种类生活在拉丁美洲的热带森林中。也许有很多种类永远都不可能被发现了，因为人类正在破坏它们赖以生存的热带雨林环境。

## 做一次重要的统计

进行昆虫数量的统计。选择一种在你家院子里或学校操场上常见的昆虫，然后估计一下那个地方的这种昆虫总量。你永远也不可能把它们都计算到，所以必须进行推断，也就是说选择一小部分数量，然后计算出这些量与整个群体之间的比例关系。对你所使用的推断方法进行叙述，并与你的同学交流一下试验结果。知道某个地区的昆虫数量有什么重要性呢？

课 程 活 动

# 食物来源

"你就是你自己的食物"这句话非常适用于昆虫。区分不同种类昆虫的途径之一是它们的口器。蚊子具有尖锐的刺吸式口器，这使得它们能够刺透皮肤吸出血液。成年蝴蝶具有很长的喙管，可以从花朵中饮取花蜜。蚱蜢具有强有力的上颚，能够咬碎并咀嚼植物组织。长时间以来，昆虫已经具有了对各种环境的适应性。由于它们具有特殊的口器，昆虫的食物从面团到衣物，从头发到烟草无所不包。不过，每种昆虫只吃几种食物，这种局限性意味着很多不同种类的昆虫能够在同一个生态系统中和平共处，因为它们不存在争夺食物的问题。

除了特殊的口器，很多昆虫的消化系统也对特定的食物具有适应性。白蚁的肠内有一种微生物，能辅助消化吞下的木头。家蝇只食用液体，它的唾液具有液化固体食物的功能。

调查几种你熟悉的昆虫的饮食数据。

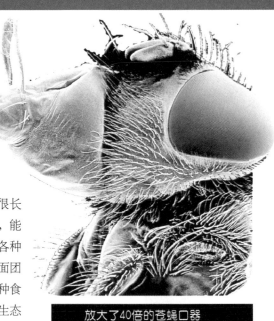

放大了40倍的苍蝇口器

## 服务员，我的汤里有只苍蝇

为什么苍蝇喜欢喝汤？因为家蝇对食物没有太多的选择余地。它有特别的呈海绵状的口器(见右上图)，只能吸食液态食物。不过，苍蝇的另一种能力使得它能够食用各种各样的食物，从而在很多环境中生存下来。当苍蝇遇到固体食物，例如蔗糖，它首先会把糖液化，因为苍蝇的唾液能够溶解固体。接着，它就可以把液体舔食干净了。

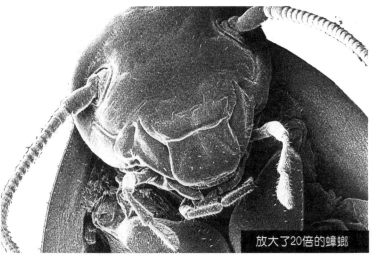

放大了20倍的蟑螂

## 丰富的食物

蟑螂已经在地球上生存了3亿年，然而它们仍然在不断地壮大。现在，地球上大约有6000种蟑螂。蟑螂有如此强大的生命力，首先归功于它们强有力的口器。有些蟑螂种类的口器几乎食用所有的东西——植物、动物、纸，甚至于布料。所以在人类的住宅中，它们总是能够设法找到可以食用的东西。

## 喜好甜食

　　成年蜜蜂用尖而长的口器吮吸花朵中的花蜜，花蜜被存放在它们体内的储存袋中。蜜蜂也收集花粉用来喂养幼虫。当它们取食的时候，一些花粉粘在腿上，就能从一朵花带到另一朵花，这促进了花卉的繁殖。

　　蜜蜂的取食习惯非常特别。它们的嗅觉相当好，有时会飞越好几千米的距离，仅仅为找寻它们想要的花卉。一旦找到很好的采集地点，它们就会返回蜂房告诉其他蜜蜂。蜜蜂通过舞蹈传达通往采集点的信息。

　　蜜蜂满载着食物返回蜂房，在蜂房里，它们把花蜜吐出来给其他蜜蜂。而那些蜜蜂会吐出花蜜，并把花蜜跟花粉混合，形成"蜜蜂面包"，就可以喂食幼虫或储存在巢室里了，这种贮存在巢室中的物质就是我们所知道的蜂蜜。

放大了3倍的蜜蜂

## 嗜书者

　　小小的衣鱼食用蔗糖、淀粉和蛋白质。在现代社会中，为了满足饮食需求，它吃浆糊、胶水和一种制作纸张用的胶料。它身体扁平，所以能够钻过书本装订线或剥落的墙纸背面找寻食物。

放大了30倍的衣鱼

## 饮食习惯，真相披露

放大了3倍的龙虱

　　幼虫的取食习性可能与成虫有所区别。幼年黄蜂吃成年黄蜂咀嚼后喂给它们的昆虫，而成年黄蜂喜欢花蜜。

　　很多昆虫不喝水，它们从摄入的食物中获取水分。

　　龙虱（见左图）吃蝌蚪、小鱼及其他昆虫。

　　很多蚂蚁吃蜜露。蜜露不是果汁，而是一种由专门吃植物的害虫——蚜虫分泌的甜味物质。有些蚂蚁为了保护它们的蚜虫，甚至还建造起了遮蔽物。

# 成功的伪装

角禅

昆虫的生命短暂，充满了危险。鸟类、老鼠、蜥蜴、青蛙、蜘蛛、熊——饥饿的捕食者四处潜伏着。昆虫该怎么办呢？飞走？不是所有的昆虫都会飞，而且就算它们会飞，捕食者可能飞得比它们还快。幸运的是，它们还有其他防御方式。一些昆虫通过与环境融合的方法把自己隐藏起来，让一些愚蠢的捕食者误认为它是荆棘或鸟粪之类的东西；很多有毒或者有蜇针的昆虫有色彩鲜艳的翅或身体，可以警告敌人离远一点；还有一些昆虫看上去要比实际上可怕得多。

## 纺织娘　　我是树叶，离我远点

作为蚱蜢家族的一员，纺织娘以夜间的歌唱著称。实际上它们的外形也很有趣，翅膀长得像树木或灌木的叶子，可以靠这一点躲避捕食者。翅上有翅脉，跟树叶的叶脉相似，而小褐斑就好像是树叶上的病斑，有的甚至还可以看到一些"缺口"，仿佛被昆虫啃咬的痕迹。

## 玉米天蚕蛾　　可怕的眼睛

跟所有的蛾一样，玉米天蚕蛾也是白天睡觉，晚上活动。它们栖息在树皮上，你很难把它们的前翅与树皮区分开来。不过，偶尔也会有眼睛很尖的鸟类发现它们的存在。当蛾感觉到敌人正在靠近的时候，它们会抬起前翅，展现出后翅上的眼状斑纹，鸟会误认为那是猫头鹰的大眼睛而受惊，在它们反应过来自己上当受骗之前，玉米天蚕蛾可能早已逃之夭夭了。

## 螳螂　　最佳服饰，最佳演员

绿色的螳螂栖息在树叶或较高的草上；褐色的躲在树皮上；粉色的亚洲螳螂生活在盛开的鲜花丛中。螳螂运用它们的伪装进行攻击和防御。它们捕食其他昆虫，昆虫无法发现伪装得很好的螳螂，当它靠近的时候，螳螂一动不动。然后，当昆虫进入螳螂的捕食范围，螳螂就会伸出有力的前腿，一把抓住猎物，并把它吞食掉。

你能区分这两种昆虫吗？
一只是带刺的黄蜂，另一只是无害的食蚜蝇。

## 黄蜂 真正原版

　　黄蜂(右上图)在地底巢穴内度过幼虫期。如果有动物靠近巢穴，成年黄蜂就会成群地扑向侵略者，用蜇针刺它。一旦被刺中，捕食者就明白了那些鲜艳的颜色和喧杂的"嗡嗡"声是在命令它"滚开"。

## 食蚜蝇 完美的复制品

　　食蚜蝇(右下图)无毒无刺，但是，捕食者经常把它误当作黄蜂。食蚜蝇的黄黑相间的纹路，使它看上去很像是黄蜂。而且它还能将自己的前足搁在头上挥动，模仿黄蜂的长触角。它甚至会学黄蜂吃东西时拍翅的动作。食蚜蝇甚至在被叼在鸟的嘴里、面临背水一战的时候，还能发出与黄蜂一模一样的声音。

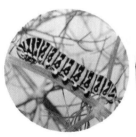

## 凤蝶和龟甲幼虫
其貌不扬

　　一只凤蝶幼虫(上左图)看上去像是鸟粪，不过那只是附加在它身上的东西。这就不奇怪，为什么鸟儿和其他捕食者会在看到凤蝶幼虫的时候不理睬地飞越而过，去寻找更可口的东西了。

　　龟甲的幼虫(上右图)看上去也像是动物的粪便。它们把自己的粪便和其他废屑捡起来刺在背部锐利的刺上。捕食者对它们的反应也是不屑一顾。

### 伪装

　　昆虫的体色与环境相融合。这一进化缓慢，需要经过好几代才能完成。请尝试以下实验，看看这个过程到底是怎么进行的。请准备2～3袋巧克力豆，一个碗、几张红纸、蓝纸和绿纸。

1. 把巧克力豆倒入碗中，作为基因库的模型，表示各种大自然的颜色。

2. 从碗中抓一把巧克力豆，把它们放在一张纸上，这代表一个世代。

3. 选取1/3与纸张颜色对比最明显的巧克力豆，并把它们拿走。这表示捕食者的捕食规则，它们选择环境中最"显著"的猎物捕食。

4. 把余下的巧克力豆倒回碗中。虽然只经历了一代变迁，但基因库已经开始显现出对与纸张接近的颜色的趋向。

5. 重复步骤2～4若干次，即数代变化。

　　经过几代进化以后，纸上剩下的巧克力豆会是与纸张颜色完全相同的。在你的帮助下，巧克力豆已经具备了环境适应性。

课 程 活 动

# 对人类有益的行为

很多昆虫的行为对人类有益。蜜蜂制造蜂蜜和蜡，蚕实际上是一种毛虫，它是丝的制造厂。昆虫在吸食花蜜的时候能够将花粉从一朵花带到另一朵花上。

有一些昆虫专门以危害农作物或传播疾病的昆虫为食；另外还有一些在挖土建巢或埋废弃物的时候，有助于增加土壤的养分；当然也有的能够辅助科学家更好地了解人类。

## 能干的瓢虫

中世纪的僧侣发现瓢虫吃损害葡萄藤的蚜虫。自那时候起，这种甲虫家族的成员就以它们的胃口大著称。蚜虫是破坏果树和葡萄藤的害虫，瓢虫一生能够吃掉5000多只蚜虫。瓢虫的幼虫也会加入此项活动，一只幼虫在两个星期内也能吃掉300只蚜虫。瓢虫也吞食介壳虫、螨、棉蚜、粉蚜及其他害虫。如今很多农民用瓢虫取代了化学杀虫剂，来发展自然生态农业。

一张16世纪的手稿记录了瓢虫

## 深入的问题

听到"蜂"这个词，你可能就会想到蜇针。没错，有些蜂确实有蜇针，但有的蜂不仅不刺人，还能辅助人类除害。它们食用破坏农作物和树木的蝇、蚜虫和毛虫等。这些寄生蜂在害虫的体内产卵，其幼虫以它们的受害者为食，直至其死亡。

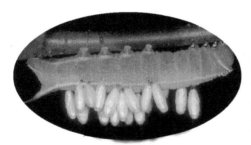

寄生蜂卵附着在毛虫身上

## 超级苍蝇

果蝇能够破坏所有的农作物，但也有某些特性是科学家喜欢的。一个世纪以来，科学家一直在利用小小的果蝇研究人类的遗传模式。为什么要使用果蝇呢？因为在实验室养果蝇比较容易，而且它们的遗传结构简单，这使得科学家较容易理清实验结果。另外，果蝇能够迅速繁殖(繁殖新的一代大约只需要两个星期)，所以实验可以在很短的时间内完成。

它是一只鸟，
它是一架飞机……
它是一只飞蛾

　　人们可能会由于外形的关系，把天蛾(上右图)和蜂鸟(上左图)混淆起来。它们看上去确实很相似，声音也相似，都用长喙吸食花蜜。它们取食的时候，花朵的花粉粘在它们的翅膀或身体上，当它们再次取食的时候，有些花粉被携带到其他花朵上，这就促进了花卉的繁殖。与蜂鸟不同的是，天蛾在晚上出没，帮助黑夜中能看清的花朵进行传粉。

# 艰苦的工作

　　　它们，有大有小，各种各样，成百上千挤在那儿，急着分享共有的蛋糕。

　　　　　　　——简·亨利·法布尔（J.Henri Fabre），19世纪法国昆虫学家、作家。

　　蛋糕？当然并非是真正的蛋糕。作者描绘的是粪金龟子，除了大洋洲，其他各洲都存在这种昆虫，它们对保护环境起到了积极作用。正如它们的名字所表述的，它们把粪便移到地底下肥沃土壤，吃粪便、消化粪便，从而加速了粪便转变为肥料的过程。另外，苍蝇喜欢附在粪便上，当粪金龟子把粪便吃掉后，苍蝇也就随之消灭了。

　　看到一块粪便落地，粪金龟子就开始工作了。它们把形状特殊的头当成勺子，把触角当成推进器，将粪便做成球，滚进地下的巢穴。巢穴里，雌性金龟子在粪便里产卵，幼虫便以粪便为生，也吃掉了传播疾病的寄生虫和蛆。这为植物带来了更肥沃的土壤，为人类创造了更干净的地面。

　　粪金龟子被古埃及人奉为神圣，它象征着再生和复活，具有重要的地位。埃及人称金龟子为圣甲虫。法老逝世后，人们会取出他的心脏，代之以刻成甲虫状的石头。

## 吸引昆虫
园林工人最理解传粉昆虫的劳动，他们经常种植特殊花卉以吸引传粉者来到花园。找出你居住的地方常见的蝴蝶和飞蛾的种类，设计一个能吸引它们的花园。

课 程 活 动

# 高度的社会性：白蚁的大都市

突然之间，你缩小了！你发现自己正站在肯尼亚的白蚁城堡面前，它非常庞大，矗立在你面前，就好像是一座摩天大楼！或者说，你来到了一座有着500万只白蚁的城市！白蚁的年龄各异，每一个个体都对整座群体的生存起着特殊的作用。开始探索之旅吧。

白蚁没有视力，但嗅觉很发达。所以，你最好跟它们具有同样的气味，这样可以在城堡中漫游而不被发现。你有一瓶信息素，它是由白蚁分泌的化学物质制成的，洒上一些，你就有了白蚁的气味。该进城堡了。

## 进入城堡

你从蘑菇丛中穿过去！为什么有蘑菇呢？你发现一些白蚁——工蚁正在用嚼碎的木头、干枯的植物、粪便等加固城堡的外墙，为白蚁提供更安全的庇护所，并可加速这些物质的分解。你逐渐靠近城墙，摸了摸，感觉它像岩石一样坚硬。你找到一个入口，工蚁没有认出你——肯定是信息素在起作用。但是等等，一只兵蚁正盯着你看。你知道它是一只兵蚁，因为它的头比工蚁的头大得多，具有锯齿状的颚。它向你走过来了，摆动着大头，张开大嘴巴……然后从你身边走过，继续前进。喔！你赶紧溜进城堡。到处都是白蚁—— 一些工蚁在运输食物碎屑，另一些在给兵蚁提供反刍过的食物，因为兵蚁无法自己吃东西。

## 内部故事

突然吹来了一阵微风，你觉得很温暖。在白蚁城堡里，冷空气从城堡低处向高处升腾，从中间的一个烟囱中排出，然后又返流下来，被墙壁的气孔冷却。你估计室内的温度有29.4℃。

该看看房间了，你开始爬行前进。第一站好像是一个园子，里面的作物看上去像是菌类(白蚁喜欢吃的菌)，这里很湿润，所以作物长得很茂盛。但它们从哪里得到"种子"种植这些真菌呢？现在你想起那些蘑菇了吧？对了。工蚁必须收集从蘑菇上掉落的孢子和繁殖体，并将它们播种在园子里。

兵蚁利用它们的大颚攻击敌人

工蚁是所有成年白蚁中形体最小的

白蚁在园子里种植菌类作为食物

蚁后的身体鼓胀，里面充满了卵

那些工蚁要去哪儿？你跟着它们走出园子，往上走。它们把你带到了孵化室，那儿有大量蠕动的灰白色若虫，这些若虫由工蚁喂养。

## 拜访皇室

接下来要去的地方是皇室，你继续往上走，看到的只是些大孔。你觉得肯定走过头了，于是折回来往下走。然后你发现好多士兵把守着一扇大门，它们威吓你，并准备冲撞你，但最后还是放你进去了。你第一眼看到蚁后时，觉得它并不漂亮，但是很大，比其他白蚁要大得多，形状就像一个热狗。工蚁不断地喂给她食物。她的腹部装满了卵，它们会被慢慢地生产出来。蚁后能够存活长达50年的时间。

## 快速撤退

突然间，房间剧烈摇动，泥土从天花板上纷纷落下。你沿着通道急速往外走，通道里全是泥土和大群奔跑的工蚁。你发现了一个出口，但它被一只巨大的爪子堵住了。你溜了出去，开始狂奔。你回过头想看看都发生了些什么，一只食蚁兽正在用爪子挖着土堆找寻食物。你立刻恢复了正常大小，把食蚁兽轰走了。请再看城堡最后一眼：一些工蚁已经开始整修墙壁了，无怪乎它们被称为"工蚁"。

## 白蚁研究

白蚁是社会性昆虫，它们营群居生活，在群体中担任不同的角色。蚂蚁和一些种类的蜜蜂、黄蜂也是社会性昆虫。找到学校或家附近的一个蚁丘，观察几天，并记下你看到的一切。你看到蚂蚁是在蚁后身边劳作，还是从别的地方给其他蚂蚁带来食物？当它们离开蚁丘后，它们的足迹是不是能够组成某种特殊的图案？放一些面包屑在附近，看它们能不能找到面包屑并带走它。

课 程 活 动

## 科学家手记

# 把蟑螂研究作为一项事业

蟑螂的大脑能够让我们学到关于人类大脑的哪些知识呢？贝塔·斯卡勒（Berta Scharrer）博士把她的大部分精力都放在了这项研究上，对于蟑螂的研究，她有了一些重要发现。

小时候，贝塔·沃戈(Berta Vogel)就渴望成为一名科学家，虽然她清楚对一个女人来说，科学家生涯并不是一件容易的事情。在她的祖国德国，她进入了慕尼黑大学，于1930年获得博士学位。在大学里，她认识了恩斯特·斯卡勒（Ernst Scharrer），他后来成了她的丈夫。恩斯特研究发现鱼脑中某些神经细胞会分泌一种物质，而其他科学家却只是把这种物质与动物身体的其他部位联系起来。贝塔·斯卡勒在无脊椎动物身上也发现了同样类型的神经细胞。由于他们的发现与大多数科学家的想法背道而驰，为了证明自己，他们决定进行比较研究。贝塔·斯卡勒负责研究无脊椎动物，而她的丈夫则研究脊椎动物。

### 足智多谋的研究者

几年后，第二次世界大战爆发，斯卡勒一家离开了德国，因为他们反对纳粹政府对他们的犹太同胞的无情迫害。他们来到芝加哥大学，但不得

不放弃了在德国完成的一切研究成果。更糟糕的是，贝塔·斯卡勒没钱购买实验室材料，所以只能局限于研究唯一可用的无脊椎动物——苍蝇。

有一天，一个管理员给她带来了另一个选择——一只来自地下室的蟑螂。她发现，蟑螂远比苍蝇适合她的研究。她开始布设陷阱，自己收集昆虫。

当她的丈夫在纽约洛克菲勒学院获得了一个职位后，她跟他一起去了那儿。她急切地想继续她的研究，但令人失望的是，新实验室里根本就没有蟑螂。希望渺茫，直到有一天，有人从南美洲运来了一板条箱的猴子，箱子底下有很多马德拉蟑螂，也叫南美木蟑螂。她给这些5厘米长、行动缓慢的昆虫喂食水果和狗粮。之后的50年里，她细心培育了大量的蟑螂用作研究对象。

### 蟑螂习性

贝塔·斯卡勒测定了给雌雄两性蟑螂配对的方法，这种方法能促进繁殖。后来几年中，她发现让一只刚接受过外科手术实验的蟑螂与另一只异性蟑螂结合，会加快这只蟑螂的伤口恢复速度。"经历了尝试和挫折，你终会得到正确答案。"她的笔记上写道。

南美木蟑螂

## 进一步试验

为了直接研究蟑螂的大脑和神经系统，贝塔·斯卡勒在它们身上动了小手术，她能够分清并处理成年或未成年蟑螂大脑的各个不同部位。她发现神经细胞分泌的一种物质对蟑螂的内分泌平衡和变态起着直接作用。

## 后期工作

从贝塔·斯卡勒及其同事的研究中，医学和科学工作者在很多方面都得到了益处：他们的发现有助于了解人类和其他动物的早期生长和发育情况；他们的研究是对神经系统和免疫系统之间关系的新发现；她所做的蟑螂实验帮助科学家确定了大脑是释放自然止痛成分的器官。医生运用此项发现，可以在病人做完外科手术后，帮助他们快速康复。

## 蟑螂的资格

什么条件使得蟑螂能成为这么好的研究对象呢？显然不是它们受到干扰时放出的难闻的气味。但是蟑螂良好的特性大大地超过它不好的特性。它们的个体大，发现其体内的变化比较容易；它们爬行缓慢，易于捕捉；由于蟑螂大约能存活两年半的时间，所以科学家可以长时间观测实验结果；它们幼体的成长过程给贝塔·斯卡勒留下深刻的印象，因为这意味着她不必等待卵的孵化和幼期蟑螂的发育，她曾写道："起初它们是白色小若虫，但是它们很快就能够自己解决一切问题。"总而言之，地下实验室的新发现给人类带来了神奇的科学知识。

## 制作一个养虫器具

选择一种你想研究的昆虫。你将如何在你的实验室培养一个昆虫群体？你从哪儿找来昆虫？查一些资料，找出养殖昆虫的最佳方法。注意观测温度、光照和湿度等。你喂它们什么食物，多久喂一次？它们需要水吗？记录下你的发现，画一张你要制作的养虫器具的草图。

# 请不要打扰我

昆虫无处不在。不过昆虫会根据所处地区的食物、捕食者及其他不同条件，发展出不同种类。为了寻找食物和保护自己，它们会使用各种方法：叮咬、蜇刺，破坏农作物等，有时候人类也会成为其攻击的对象。下面请看地图，你可以看到昆虫与人类的斗争。

### 美国西部，科罗拉多马铃薯甲虫

19世纪中期以前，这种甲虫只吃本地的野草。但是当西部殖民者开始种植马铃薯后，这些甲虫就开始转向这一新的食物来源。它们由西往东取食马铃薯，甚至穿越大西洋到达欧洲。很快，这种昆虫就对杀虫剂产生了抗药性，所以其他的除虫方法（如人工除虫和捕食性天敌除虫），是与这种害虫作斗争的最有效的方法。

### 美国得克萨斯州和墨西哥，棉籽象鼻虫

19世纪中叶，棉籽象鼻虫彻底毁灭了墨西哥的棉花。40年后，这种害虫向北转移，到达得克萨斯，于是那儿的棉花遭到美国有史以来最惨重的灾难。棉籽象鼻虫的破坏作用如此强大，部分原因是它们的繁殖能力非常强——一个季节能繁衍5代。雌棉籽象鼻虫把卵产在棉花蓓蕾上，随着幼虫的生长，不断破坏棉花种子和棉花纤维。

### 南美洲，杀人蜂

20世纪50年代，巴西的养蜂人为了提高蜂蜜产量，从非洲进口了蜜蜂。这些蜜蜂即便受到极小的打扰，也会成群地发起进攻。科学家仍然希望通过将这些非洲蜜蜂与被驯服的蜜蜂交配，繁殖出攻击性较弱的杂种，但是这并没有起作用。这种杂种就是我们所知道的杀人蜂，它们开始捕食其他蜜蜂群，并逐渐向北挺进，如今生活在美国西南部。单个蜜蜂的刺咬并不是致命的，但是一群蜜蜂轮流的刺伤就不一样了。科学家们正在研究阻止杀人蜂繁殖的方法。

## 西欧，跳蚤

这种小跳蚤是欧洲历史上最严重的疾病之一——淋巴腺鼠疫的肇事者。这些跳蚤可能是由于叮咬了携带传染病的老鼠而感染上瘟疫病原菌。当这些跳蚤叮咬了人或其他动物时，它们就把受感染的血液注入到被害者体内。在5年时间里，足有2500万人死于鼠疫。

## 东南亚，蚊子

蚊子传播一种非常严重的疾病——疟疾。这些蚊子在世界各地的热带地区都能发现。雌性蚊子必须吸食动物血液才能繁殖。如果它们叮咬了受感染的人体或动物，它们身上就会携带导致疾病的寄生虫，然后在叮咬其他人或动物的时候传播开来。喷射杀虫剂及把蚊虫聚居繁殖旺盛的地方变得干燥，可以减慢疾病传播的速度。

## 澳大利亚，蝗虫

这种蝗虫属于蝗科的一种，它们一般喜欢独居。不过，在交配季节或者食物缺乏的时候，它们会聚集起来成群行动，数量可达到1000亿只。如此大的蝗群可以吃掉所有可以吃的植物，破坏人类活动。现在，人造卫星技术已经能够追踪蝗虫的足迹，人类正在努力控制蝗群的发展。

## 中非，舌蝇

这些害虫携带着一种致命的寄生虫，能够破坏哺乳动物的神经系统，导致其产生嗜睡症状。舌蝇吸血，叮咬了受感染的哺乳动物后，把寄生虫吸入体内，然后当它叮咬其他个体的时候导致传染。控制舌蝇传播疾病的最佳方法是破坏其栖息地——砍除它们居住的森林树木，烧掉矮树丛。

## 调查破坏状况

昆虫同样也能够造成小范围的破坏。毛虫吃树叶，衣鱼啃书，飞蛾咬木头。观察你的住房和院子，寻找昆虫破坏过的东西。你能够分辨出是哪种昆虫搞的破坏吗？

课 程 活 动

# 向前挺进

行军蚁跟其他的蚂蚁不同，它们不建造永久的巢穴。它们成群地从一个地方到另一个地方寻找食物，直至把那儿能吃的东西全都吃光。无论是爬行动物、鸟类，还是猪和山羊，一旦被它们碰上，都会在几个小时内被啃得只剩下骨头。

## 突破性观点

如果一大群行军蚁向你涌来，你会怎么办？这是科幻作家卡尔·斯蒂芬森（Carl Stephenson）的经典小说《雷宁根与蚂蚁的斗争》中的主人公必须解决的问题。这本小说写于1938年，虽然是虚构的，有点儿夸张，但却给我们描绘了一幅行军蚁习性的生动图画。

"十英里长，两英里宽——蚂蚁，全部都是蚂蚁！每一只都是来自地狱的魔鬼。"这是一个政府官员劝说雷宁根离开他巴西的大农场时描述的话。不过，雷宁根嘲笑了他。他非常自信，认为自己的农场非常安全，因为他准备了两道防线——一条能从农场旁的河流输入河水的渠和一条灌满汽油的沟。

当蚂蚁靠近农场边缘，水沟似乎挡住了去路，但它们开始趴在其他蚂蚁的背上继续向前挺进，雷宁根的农场工人向它们喷射汽油，投掷泥巴，但仍然阻挡不住蚂蚁的前进。

一个工人用铲子击打蚂蚁

群……刹那间，铲子的木柄被往上急跑的昆虫完全覆盖。工人一边诅咒，一边把铲子扔向了渠中；可惜已经太晚了，蚂蚁早就爬到了他的身上……行军蚁一旦碰到裸露的肉体，就会深深地咬入；有一小部分形体稍大的蚂蚁，其后腿上长着可以剧烈麻醉猎物的毒针。

## 暂时的缓解

雷宁根接下来的行动是升高渠中的水面，把部分蚂蚁冲走，并使得其他蚂蚁撤退。雷宁根以为战斗已经结束，所以就回家了。第二天早上，他发现蚂蚁都成群地聚集在作物叶子上，他以为它们是在寻求食物，但当他看到蚂蚁乘坐在叶子做成的筏上穿越水渠的时候，他才明白它们的真正目的。在他聚集起工人试图阻止它们的时候，他目睹了极其恐怖的一幕。

沿着远处山丘的斜坡，正有个东西向他走来……一个像黑色雕塑一样的动物……当这个生物到达小渠的对岸，并在他的对面倒下时，雷宁根认出了那是只浑身爬满了蚂蚁的雄鹿。跟以往一样，蚂蚁先攻击它的眼睛。眼睛瞎了，雄鹿眩晕蹒跚着……倒入它的迫害者群中，现在这只动物正经受着临死前极度的痛苦。

## 最后的挣扎

雷宁根又将注意力转移到叶子筏上来，他上下升降渠中的水位，淹死了好多蚂蚁。接着，他发现了一件可怕的事情：工人们在一处地方控制了蚂蚁的攻势，其他的蚂蚁却从沟渠的其他地方穿越而过，蜂拥冲向种植园。雷宁根只能依靠汽油沟渠了。在蚂蚁试图穿越这条渠的时候，雷宁根点燃了汽油。然而火焰熄灭后，存活的蚂蚁又开始穿越前进。这样重复了好几次，雷宁根决定淹没整个农场。他向农场那头的大坝飞奔而去，蚂蚁攻击着他的身体，但是他还是挣扎着放出了足够的水。他的农场被彻底摧毁了，工人们死了，雷宁根自己也受了重伤，不过最终蚂蚁还是被消灭了。

洪水朝着爬满了蚂蚁的灌木丛猛冲过去，淹没了那些可怕的包围者的巢穴。过了一会儿，一些被水冲刷过的蚂蚁一次又一次地试图爬到干燥的地方，却被一股股汽油给击退了回去，再一次陷入无情的大水之中。

行军蚁在转移途中携带着自己的幼虫

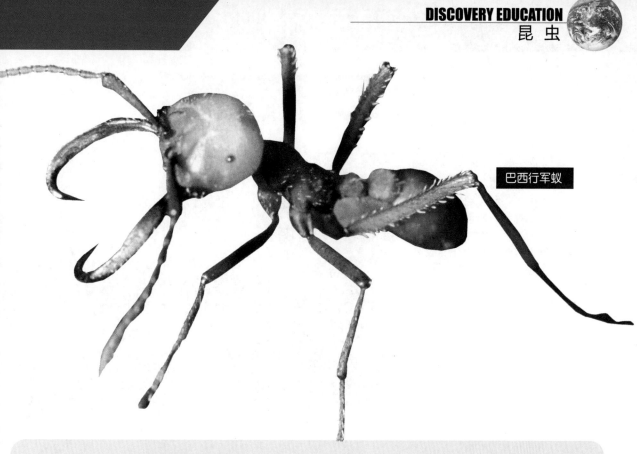

巴西行军蚁

## 蚂蚁习性

　　一些关于行军蚁的资料表明雷宁根的故事有以下几个事实根据：

▶ 几乎没有视觉的行军蚁靠嗅觉行动。它们寻找食物的时候，会释放出化学物质。其他的蚂蚁会追寻香味前进并留下更多的化学物质，这又将引来更多的蚂蚁。结果就是形成庞大的部队。

▶ 通常情况下，行军蚁每天可以吃掉10万只其他种类的昆虫。但是，如果其他动物碰巧让它们撞上，它们也会把送上门的猎物吃掉。

▶ 大群的袭击者是成群移动的蚂蚁，它们还有刺，被刺中会很痛。

▶ 一些蚂蚁会为了群体中其他蚂蚁的利益而牺牲自己的生命。

▶ 行军蚁会爬树，会吃掉它们在路上发现的所有动物。

### 整个故事

　　阅读关于雷宁根和蚂蚁的整个故事。你可以从 1983 年纽约富兰克林沃茨出版社出版的《恐怖鬼怪故事》全集中找到。

　　对比雷宁根的行为和成群蚂蚁的行为。如果雷宁根和他的工人撤退并看着蚂蚁继续动作，会发生什么样的事情呢？你是赞成还是反对雷宁根留下来斗争？把你的观点写下来，把整个班级分成两组，举行一次关于雷宁根的斗争行为的辩论会。

 课 程 活 动

# 化石盗窃案

蟋蟀谷地球历史博物馆

"你好……唔……好的……我们马上就去那儿。"

卡斯·霍珀把电话挂断，说："是蟋蟀谷地球历史博物馆的馆长比·哈尼威尔的电话，她说有一件昆虫化石收藏品被偷走了。我们快走。"

我是亚瑟·欧·鲍德，私家侦探。卡斯是我的搭档，在这世界上还没有出现过我们破不了的案件。

中午12：30
蟋蟀谷地球历史博物馆

我和卡斯沿博物馆入口的阶梯往上走，边走边搜寻线索。卡斯在最上面的一级阶梯上发现了一张收据。

"有人在银鱼咖啡馆用了午餐。从账单来看，我认为那个人是独自用的餐。"卡斯说。

"这可能是个线索。"我说，"我们以后会知道的。"

哈尼威尔夫人在门口迎接我们，她看上去有些疲惫。

"很高兴你们能来。"她说，"我们正打算办一个昆虫展，很多正在展出的展品是从其他博物馆借来的，包括那件被盗的收藏品。"

"别着急。"我安慰她，"你认为盗窃可能发生在什么地方？带我们去看看。"

哈尼威尔夫人把我们带到一间屋子里，那儿有两个博物馆馆员正在卸货并在记录纸上登记资料。"这两位是米吉·麦吉德和谢尔·达克林，我们的保管员。"哈尼威尔夫人说道，"鲍德先生和霍珀小姐是侦探。"

"这些货物是什么时候运来的？"我问。

"昨天。"达克林先生站了起来，身高足有1.98米，比麦吉德女士高出一大截。"请随便察看其他展品。"

达克林先生给我们看了几件蝴蝶化石。"这些是新生代始新世时期的化石，距今大约有5400万年的历史。它们与现代昆虫长得非常相似。"

"这些化石，"麦吉德女士给我们看了类似蟑螂的动物，补充说道，"是中生代后期的等翅目昆虫，大约生活在1.36亿年前。"

"被盗的昆虫是人类知道的最古老的昆虫之一，"哈尼威尔夫人说，"它们来自于古生代。"

卡斯拿过来货物检查记录。

"肯定就是这个了，"卡斯边看记录边说，"古生代昆虫化石，晚上9：34。"

"你们晚上工作到几点？"我问道。

"昨天晚上大约到10点。"麦吉德女士说，"那么晚是为了准备展览。"

"你们俩是最后离开的吗？"卡斯问道。

"是的。"达克林先生回答，"这就是我无法理解收藏品为什么会消失的原因。在今天早上我们上班之前，它就消失了。"

"谢谢。"我说，"后会有期。"

在取外套的时候，我发现地板上有一块薄荷糖。我把它放进口袋——它可能是一个线索。

"走吧，卡斯。我们吃东西去。"

下午1：00
银鱼咖啡馆

我们坐在靠窗的位置。饭菜不错，上菜也很快。突然间，卡斯发现了一样东西。

"看。"卡斯指着街对

面说，"看那家动物进化商店——他们是不是会出售从各个地方运来的骨骸和化石？"

"说得很对。我们去拜访他们一下吧。"

服务员拿来了账单和一些薄荷糖。

"唔……"卡斯扔一颗到嘴里，说道："你想来一颗吗？"

"不，谢谢。"我说，"我早就吃过一颗了。"

## 下午1:45
## 动物进化商店

动物进化商店里面看起来很酷。我和卡斯在欣赏一只绿色的甲壳虫，店主过来跟我们打招呼。

"今天早上我们刚有新货送到。如果你们喜欢虫子，请看看这些，"他指着柜台下的收藏品说，"这些化石中的昆虫比恐龙的年代还要久远。""瞧瞧价格。"卡斯吓了一跳，价钱高达五位数。

"谢谢。"我说，"很不错，不过我们还是走吧。"

## 下午2:15
## 蟋蟀谷地球历史博物馆

哈尼威尔夫人在走廊里遇上我们，看上去很高兴。

"好消息。"她叫道，"其实化石一直在那儿，只是保管员放错了位置。"

卡斯和我对视了一下。"你确定吗，哈尼威尔夫人？"我问。

"哦，当然。达克林先生跟我确信每一样东西都已经归回原位。"

"为了安全起见，我们还是想再看一下收藏品。"卡斯说。

"当然可以。"哈尼威尔夫人笑着把我们带到那间屋子。我们把外套挂在衣架上，上面还挂着其他几件衣服。那儿确实有几块化石。它们是失踪的那几块吗？我取出放大镜仔细检查。"看，卡斯。"我把放大镜递给她。

"唔。它们看上去像是昆虫。"卡斯说，"它们有坚硬外壳，分节的躯体和多条腿。这个像虫子一样的东西是不是原始毛虫呢？……还是其他什么东西？还有这个——这些是触角还是腿？"

卡斯又看了我一眼，我抓起外套，但刚穿上，就发现它并非我的外套。它很小，而且口袋里有个洞。"哈尼威尔夫人，我认为你的身边有个贼。"

**失而复得的化石有什么可疑的地方？为什么阿瑟怀疑有贼……**

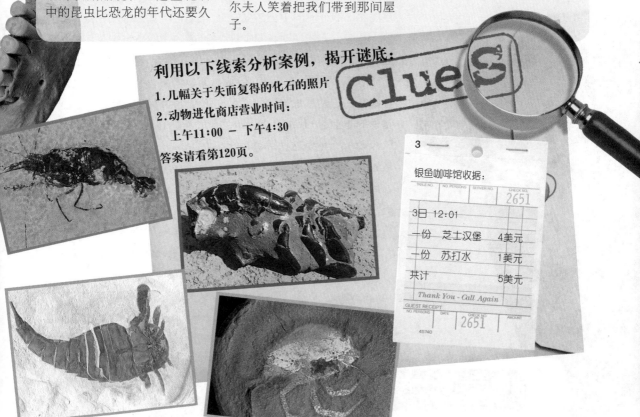

**利用以下线索分析案例，揭开谜底：**
1. 几幅关于失而复得的化石的照片
2. 动物进化商店营业时间：
　　上午11:00－下午4:30

答案请看第120页。

银鱼咖啡馆收据：

| TABLE NO. | NO. PERSONS | SERVER NO. | CHECK NO. |
|---|---|---|---|
| | | | 2651 |

3日 12:01

| 一份 | 芝士汉堡 | 4美元 |
|---|---|---|
| 一份 | 苏打水 | 1美元 |
| 共计 | | 5美元 |

Thank You - Call Again
GUEST RECEIPT

| NO. PERSONS | DATE | CHECK NO. | AMOUNT |
|---|---|---|---|
| 45740 | | 2651 | |

# 建立家园

"灭绝"这个词对你来说意味着什么？永远消失。这可能会是自然原因造成的——一场突发的灾难，如小行星撞击地球；或渐进的如气候变化等。灭绝也可能是人类行为造成的，例如无节制的狩猎、杀虫剂的使用或工业发展造成的污染等。

## 1994年3月10日 加利福尼亚圣佩德罗(San Pedro)

帕洛斯·弗迪斯(Palos Verdes)青蝴蝶，简称PVB，只生活在洛杉矶南部的帕洛斯·弗迪斯南半岛附近。20世纪70年代人类发现这种蝴蝶的时候，它们已经所剩无几了。它们的食物——野豌豆和菽豆科植物濒临灭绝，而蝴蝶幼虫只食用这几种植物，所以以食物来源的短缺威胁到整个蝴蝶群的生死存亡。对于PVB来说，城市的发展、除草剂的使用，以及来自其他种类蝴蝶的竞争减少了它们的食物来源。

自从20世纪80年代看到PVB，人们很多年来再也没有见到过此种昆虫，都以为它已经灭绝了。但是1994年3月10日，在位于洛杉矶城南部40千米的加利福尼亚圣佩德罗意外地发现了一小群PVB。这一发现并不能证明PVB仍然很好地生存着，只能说明我们有机会挽救这个物种。为了给PVB一个良好的生长机会，必须重建它们的栖息地。我们今天要说的是亚瑟·邦纳（Arthur Bonner），他是这项活动的一名先驱，几乎把毕生的精力投入到了此项事业中，为PVB创造了在这个地球上继续生存的机会。

## 环境保护者

亚瑟·邦纳在洛杉矶中南部长大。在青少年时代，他大部分时间由于一些无关紧要的犯罪行为进进出出于青少年感化中心。18岁那年，他用一把金属弹丸气枪射击了一个男人，被关进监狱三年多时间。22岁时，邦纳从监狱刑满释放，在洛杉矶资源保护队种植植物，帮助重建濒临灭绝的埃尔塞贡多青蝴蝶的栖息地。邦纳说："在监狱里呆了三年多时间以后，我开始意识到我必须走出去，为了我和我儿子亚伦，该好好地过日子了。我的儿子是在我进监狱那天出生的。"

埃尔塞贡多项目完成了，但是邦纳的自然资源保护事业还没有结束。加利福尼亚一位很有声望的蝴蝶专家鲁蒂·马托尼（Rudi Mattoni）是帕洛斯·弗迪斯自然资源保护委员会的主席，他聘任邦纳作他的助理。他们在一个海军燃料仓库国防部燃料供应点为PVB重建家园。这个项目的最终目的

亚瑟·邦纳为蝴蝶重建新的居所，使得它们能够兴旺繁衍。

是让这些蝴蝶重新回到它们以前居住过的所有地方。不过任务很艰巨，要想成功，就必须有足够的劳动力和许多个人及代理机构的合作和支持。

## 重建栖息地

邦纳和马托尼成功地为PVB重建了栖息地，把它们圈起来饲养。但是要使得蝴蝶在野生环境中能生存下来，还是一件很困难的事情。他们种植了两万株植物，所以食物来源非常充足，但是并没有吸引大量的蝴蝶。马托尼推测可能是由于新的威胁，例如捕食者或寄生者，使蝴蝶远离这里。要确定这些威胁是否存在，并找出对付的办法，马托尼认为要花费几年的时间。他强调挽救蝴蝶生存的整个环境是很重要的。

邦纳现在是燃料仓库的植被恢复高级技术员。他努力为蝴蝶创造尽可能好的栖息地，恢复整个植物群落。他负责室内蝴蝶饲养的日常工作，每天从早晨5:00开始工作，管理植物、除草，确保蝴蝶的安全，使之不受伤害。工作很艰苦，但邦纳知道，他的奉献是为了一个美好的愿望。"探索自然资源保护领域，使我对生命有了一个全新的认识，并有机会施展我的才能，关心每一个怀着共同理想、立志挽救大自然留给我们的一切的人们。"他解释说。

经过4年的工作，邦纳和马托尼赢得了国家野生动物联盟颁发的环境保护奖。邦纳在不断前进，他说："我面临的最大挑战是要繁殖尽可能多的蝴蝶，从卵开始抚育它们，直到把它们转入一个良好的生态环境。"他和马托尼经历过不少挫折。"很难知道为什么事情的发展总有不顺利的地方。"邦纳说，"究竟是由于天气问题，还是在蛹准备羽化的时候受到了什么干扰？这些问题一直困扰着我们，由于生命的多样性，你随时都能发现新的问题。"

## 它们值得珍藏

蝴蝶对自然界非常重要。它们为开花植物传播花粉，同时也是其他昆虫和鸟类的食物。如果某个地区的蝴蝶繁衍兴旺，科学家就知道这个地区的生态系统是健康的。如果蝴蝶不断死去，这个地区就很有可能是受到了污染。这就意味着其他的昆虫和动物也有可能面临危险。邦纳和马托尼通过拯救PVB的努力，提醒人类注意蝴蝶对整个世界的重要性。

帕洛斯·弗迪斯青蝴蝶

### 危险地带

恐龙和昆虫曾经共存于地球，但是恐龙早已灭绝，而昆虫依然繁衍兴旺。找到更多关于恐龙时代(恐龙大约是于6500万年前灭绝的)地球上生态系统的资料，并把你获得的数据做成一个表格。在第一列中列出恐龙和昆虫的适应性；第二列写下捕食者和猎物的信息；在第三列中列出导致恐龙灭绝的可能原因。根据你所收集到的资料，你认为昆虫能够存活下来而恐龙却不能的原因是什么？你能得出什么结论？恐龙的灭绝对昆虫的生存有什么影响？

课 程 活 动

# 虫子的叮咬

你可能管所有的昆虫都叫"虫子"，对吗？事实上只有属于某个"目"的昆虫，才是真正的虫子。不过，我们仍然把所有的昆虫都称之为虫子，包括臭虫和水甲。

## 为何这样说

这些与"虫子"有关的说法究竟是什么意思呢？

### 计算机小虫

这个词组的意思是计算机出了错误。但事实上，真的有一种昆虫会"计算"。有一个古老的传说，雪树蟋蟀在14秒钟内的叫声次数加上40，就是当天的华氏气温。这是真的吗？试试就知道了。

### 不要让臭虫咬了

臭虫会咬人，但它们并非只能在床上找到。如今它们已经不像从前那么常见了。找找地下室、家具的裂缝和床上，看看有没有臭虫。

### 发疯的大黄蜂

如果大黄蜂（黄蜂的一种）的巢穴受到干扰，它们会马上反抗，攻击干扰它们的物体，一次又一次地叮咬不受欢迎的来访者。

### 躲在地毯里的虫子很舒服

不过，很多昆虫更喜欢吃地毯，而不是蜷缩在那儿睡觉。

### 蜂腰

19世纪的女人流行细腰，她们刻意把腰部弄得很细，就是我们所说的蜂腰。事实上，黄蜂、蜜蜂和蚂蚁都具有这个特征，就是它们胸部和腹部的连接处非常细。

### 忙碌的蜜蜂

工蜂真是非常忙，它们飞到离家很远的地方寻找食物，每一次出去都要采集50～100朵花的花蜜和花粉，然后带着花蜜和花粉返回巢穴，喂食其他蜜蜂。

## 模仿昆虫

科学家观察研究昆虫，试图模仿昆虫的某些特点，使人类在某些方面做得更好。

**自然色**——汽车制造商试着在汽车上喷涂像蝴蝶翅膀一样微微发亮的颜色。

**飞行的启示**——昆虫的飞行是携带电子传感器的小装置的模仿对象。从原理上来说，这一装置有助于军队在敌军占领区搜集信息。

**人工智能**——为了找出计算机网络中高效的电讯线路，研究人员一直在观察蚂蚁和其他社会性昆虫的移动方式。科学家也在计算机上设计了人工蚂蚁，这一程序是当蚂蚁从地图上的一个点向另一个点走去的时候，会留下像信息素一样的痕迹。通过观测蚂蚁的移动方式，科学家认为在多次穿行后，蚂蚁能够找出地图上两点之间最近的路线。

## 食物的选择

你吃过昆虫吗？不管我们自己是否清楚，大多数人都吃过昆虫。在食品加工厂制作面食及其他种类的食品时，如果有小昆虫飞了进去，它们就留在了我们吃的食物中。它们是那么小，我们的肉眼无法看见。这些昆虫对我们有害吗？少量昆虫是不会造成伤害的。

早期人类可能是故意食用昆虫的，到现在还有好多人仍然是这样。一些人喜欢吃蝗虫、蝉和蟋蟀，还有人则偏爱大甲虫。在墨西哥，人们饲养并食用一种水甲，就像是吃牛肉和鸡肉一样。

那些吃昆虫的人事实上是做了一个聪明的选择。与牛肉相比，很多昆虫的蛋白质含量高，脂肪含量则低。另外，与传统家禽相比，昆虫更容易饲养，而且需要的饲养空间小得多。

## 昆虫的低吟浅唱

苍蝇和蜜蜂会嗡嗡叫。它们是怎么发出这种声音的？通过翅的振动。其他昆虫也会运用身体其他的部位，发出不同的声响。金龟子通过用来呼吸的气门将风从腹部鼓进鼓出，就可以发出声音；而鬼脸天蛾则通过把空气排出它的嘴巴，发出高声调的振动；雄蝉是通过腹部下面的鼓膜发声的；白蚁的兵蚁及其他一些种类的蚂蚁利用它们的头—用头撞击它们巢穴的墙壁，以示危险情况。

## 野性昆虫

它们很小，所以我们不经常注意到它们。但是确实存在着一些外形非常奇特的昆虫。

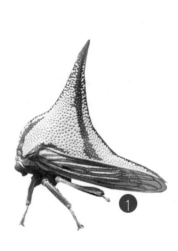

1 角蝉——正如它们的名字所形容的，这些昆虫多数时间呆在树枝上，看上去像刺戎角一样。

2 厄瓜多尔毛虫——它们有很多刺？你说对了。而且这些刺还有毒。

3 雄性大水甲——它身上的那些球形突出物并不是用来防御的，而是卵，这在昆虫世界里是相当罕见的——大多数种类都由雌性来照料卵。

4 椿象——这些虫子通常都有鲜艳的颜色。别说没有警告过你哦。

# 虫子传记

最近，一个大学生发现一只螳螂在吃秋麒麟草属植物的花粉——这是一项很重要的发现，因为在这之前从来没有人知道那种花粉也是螳螂的食物。人类关于昆虫的很多知识都来自观察。昆虫学家及其他人好几个世纪以来一直在对昆虫进行研究，但仍然有很多知识有待人们去发现。

试着观察你的周围，对于每天在你身边的昆虫，看看你会有哪些发现。课后绕着校园走一圈，找到五种不同种类的昆虫的位置。运用野外指南来辨别昆虫，并通读它们典型的生活环境和行为习惯。把这些行为习惯和生活环境的资料带在身边，以备参考。把整个班级分成五个调查小组，每一组负责观察五种昆虫中的一种。每一组都要做记录。

每星期大约去观察三次你的昆虫，持续几个星期。尽量在不同的时段、不同的天气状况下进行。每一次观察到的情况都要记录下来。在你的记录里，必须包含下列各项：

① 日期、气温、具体时间和天气状况；

② 发现昆虫的确切地点(如果没有发现昆虫，写下你认为为什么没能发现)；

③ 你观察到昆虫在做什么；

④ 你有没有发现昆虫在某个地方呆过的证据(如被咬过的树叶等)；

⑤ 跟上次调查相比较，你看到的昆虫数量是多了还是少了；

⑥ 你有没有看到捕食这种昆虫的动物。

把你观察到的信息与野外指南里讲的进行比较。你发现的是不是与野外指南里讲的有所区别，昆虫的行为是不是就如野外指南里描述的那样？如果有不同之处，你能说出原因吗？

几个星期后，根据笔记中记录的内容，写一篇关于昆虫的传记，包括昆虫及其栖息地的图片。

---

**答案：第114～115页"待解之谜"的答案**

那个贼是米吉·麦吉德女士。她偷走了博物馆的化石收藏品并把它卖给了动物进化商店，得到了一大笔钱。亚瑟和卡斯推断麦吉德女士是在前一天晚上把收藏品带出博物馆的，第二天上午11点，动物进化商店开门后，她就把它卖给了商店店主。然后，中午以前她在银鱼咖啡馆匆匆吃了点东西，她的收据和薄荷糖从上衣口袋的洞里漏了出来。失而复得的化石并非真的昆虫，虽然它们与昆虫有部分共同之处(有些是蜘蛛，有些是小鱼)。

# 哺乳动物

# 哺乳动物

哺乳动物：你了解它们，喜爱它们，同时也是它们之中的一员。人类与大约4 180种其他哺乳动物共同生活在这个星球上，有拇指般大小的鼩鼱，也有比公共汽车还大3倍的蓝鲸。

当然，不是所有的动物都是哺乳动物。它要符合两项基本要求：有毛发，乳腺能分泌乳汁。不过大多数哺乳动物还有其他一些共同点。

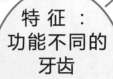

## 特征：功能不同的牙齿

许多哺乳动物都生长着功能不同的牙齿。

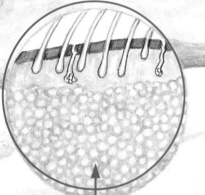

## 特征：脂肪层

这是北极熊和其他一些哺乳动物为了适应环境而进化产生的。脂肪层分布在皮下，包含有隔热作用的皮脂腺（皮脂）、汗腺（汗液），以及分泌乳汁的乳腺。

## 特征：四肢

哺乳动物有两条腿、两只手，或者有四条腿，或者一对胸鳍和一对尾鳍。

## 特征：脊柱

哺乳动物都有脊柱，但有脊柱并不一定是哺乳动物，例如鱼类和蛙类都有脊柱，但不是哺乳动物。

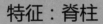

## 哺乳动物分为三类：

胎盘类哺乳动物：
通过胎盘在母亲体内的子宫中吸收营养，如我们人类。

有袋类哺乳动物：
在母亲的子宫中受孕，但在母亲的袋囊里成长，如袋鼠。

单孔类哺乳动物：
在卵中发育完成，如鸭嘴兽。

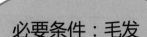
## 必要条件：毛发

所有的哺乳动物都有毛发，只是有多有少的问题。猫、狗、马、熊和鼬鼠等动物身上的毛发都比人类(大多数的人)、海豚和鲸鱼多。不同的哺乳动物，毛发的生长形式和生长时期都不同。在寒冷气候下生活的哺乳动物，如北极熊，有长长的空心毛以防止热量散失。

## 必要条件：哺乳

哺乳动物的乳腺会分泌乳汁。哺乳动物的英文写法 mammal 和乳腺 mammary 的发音很相似，因为这两个词关系较密切。哺乳是哺乳动物的一个独有的特征。

## 特征：生育宝宝

绝大多数的哺乳动物不产卵，它们的小宝宝在母亲体内发育完成后才出生。但是也有例外：鸭嘴兽和针鼹这两种动物就通过产卵来繁殖后代。有一些蛇不产卵，而是直接生出小蛇，但它们不属于哺乳类。不过一般说来，如果后代不是从卵中孵化出来的，那么这种动物很可能就是哺乳动物。

## 特征：温血

哺乳动物是内温动物，或者说是恒温动物。无论在雪地里还是阳光下，它们的体温变化都不大。两栖动物、鱼类和现代爬行动物的体温会随着环境而改变(它们是外温动物，或者说冷血动物)。

# 变……变……变……

几十亿年以来，我们的星球经历了不少变化。自然环境曾经冷却、加温、变湿又变干。海洋、沙漠、森林、草地、冻土、山脉和沙滩在地球上也曾形成后又消失。随着这些变化，出现了许多新的动植物种类，它们随着环境改变或进化，以适应地球环境和生态系统的变化。自从地球上首次出现哺乳动物，经过这些时间的变化，哺乳动物也发生了许多改变。这些改变是怎么产生的？在19世纪，有许多关于哺乳动物演变过程的争议。

## 1809年，法国巴黎

法国科学家拉马克认为，动物改变身体的某些部位以适应生存环境：

通过对长颈鹿的观察研究，科学家发现了一个有趣的现象。长颈鹿特殊的身材及体型与它们的生活习惯有密切关系。长颈鹿是生活在非洲内陆地区的体型最大的一种哺乳动物，那里的土地非常干旱贫瘠，因此它只能以树叶为生，而不断努力抬高身体去吃树叶的结果，使得长颈鹿逐渐演变为现在的前腿比后腿长、颈部修长的模样。长颈鹿无须依靠后腿站立，身高就能达到6米。

## 1859年，英国剑桥

大约过了半个世纪，查尔斯·达尔文提出另一种不同的见解。他认为动物的改变是适应环境的结果。换句话说，长颈鹿之所以有长长的脖子，是因为在当时的环境下，只有那些有长脖子的长颈鹿才能生存下来，并将长脖子的基因遗传给了下一代。

适者生存的现象每时每刻都在发生，综观整个地球，每种变异，即使是难以察觉到的变异，都以优胜劣汰的形式在不知不觉中悄悄地进行着。不管在何时或何种机会下，任何变异的发生都能帮助某种机体更适应它的生存环境。我们看不到这些缓慢变化的进程，直到岁月流逝，回顾往昔，我们才注意到生命形式已与最初大不相同了。

科学已经证明了达尔文的理论是正确的。生命存在变异，某些变异可以帮助某种动物更好地适应环境，并将这些特殊的优秀基因遗传给后代。这个过程叫做自然选择，它推动了生物进化，使所有生物不断地发展演变。下一页将介绍某些动物为适应环境而发生的改变。

## 非洲沙漠/北极圈

请观察这两只狐狸，注意它们的不同之处。为什么左边的狐狸适合在沙漠中生活，而右边的狐狸适合在北极地区生活呢？

这头熊是白色的吗？再仔细想想。北极熊的白毛下面竟然是黑色的皮肤！黑色的皮肤能更好地吸收太阳热量。北极熊表面看起来是白色的，这是因为它身上覆盖着白色的空心毛发，这些空心的毛发使北极熊可以漂浮在水中。你觉得北极熊身上还有哪些适应环境的特点？

# 高处的飞行者

蝙蝠是唯一能飞的哺乳动物。它们是怎么长出翅膀的？蝙蝠的祖先生活在树上，以昆虫和水果为食。不知何时，有一只蝙蝠天生多了一块连着指骨的皮肤，也许这块额外的皮肤使它具有了某些生存的优势，于是这一特点便遗传给它的子孙后代。经过代代相传，蝙蝠的指骨变得非常长，并且由一块薄膜相连，最后变成了翅膀。

# 水中的哺乳动物

鲸和海豚是生活在水里的哺乳动物。它们的身体都发生了不同形式的改变，以适应水中生活：
身体：非常光滑，呈流线型，毛发稀少，没有外耳。
四肢：顶端具有强壮坚硬的鳍和爪，这有助于它们在水中游泳。
皮肤：皮下有一层脂肪，像一套紧身的潜水衣，使它们能在冰冷的水中生活。

制作属于自己的剪贴簿
现存的其他哺乳动物是如何适应环境的？制作一本剪贴簿来记录这些信息。将哺乳动物及它们居住环境的图片剪下来，并用文字注明为什么这些哺乳动物会是现在的样子。它们的样子和居住的环境有什么关系？用照片、文章、批注和素描等充实你的剪贴簿。

 课 程 活 动

# 哺乳动物的进化过程

你知道人类和蜥蜴有亲缘关系吗？你当然不知道。科学家认为哺乳动物是由一种叫Synapsids 的动物进化而成的，它们生活在3200万～2750万年前，类似于爬行动物。在漫长的数百万年中，哺乳动物为了适应环境，不断地演化，终于从浑身鳞片的爬行动物变成如今各式各样覆盖着毛发的哺乳动物。

哺乳动物的发展不只靠时间，还靠一次幸运的突变。当这个星球被巨大的恐龙统治时，体型娇小的哺乳动物生活得并不开心，它们的生存空间很小，能够幸存下来的哺乳动物体格很小，胆量也不大。

但是突然间，意外的灾难降临到了恐龙身上。许多科学家认为有一颗巨大的小行星撞击了地球，尘埃弥漫了整个天空。植物无法生长，食草类恐龙的粮食来源也因此断绝了，而以吃食草类恐龙为生的食肉类恐龙也不能幸免于难。不过那些食肉的小型哺乳动物却因此获得大量食物——恐龙，从而得以存活下来。

看看现在，世界上到处都是哺乳动物。

| 35亿年前 | 5亿年前 | 3.6亿年前 | 大约3.2亿年前 | 大约2.86亿年前 | 大约2.13亿年前 |
|---|---|---|---|---|---|
| 生命开始在海洋中形成。 | 出现蜗牛和其他低等动物，如海绵和水母。 | 两栖动物开始出现。 | Synapsids开始出现，这种动物有下颚和牙齿，它们后来进化成为哺乳动物。 | 爬行动物开始出现。 | 恐龙在地球上出现，它们统治地球长达1.25亿年。 |

| 大约1.6亿年前 | 大约1.3亿年前 | 大约6500万年前 | 大约1400万年前 | 大约400万年前 | 现在 |
| --- | --- | --- | --- | --- | --- |

长着锋利牙齿和四肢的毛皮动物开始在地球上出现，这是最早的哺乳动物，它们身体弱小，看上去像一只树鼩鼱。

恐龙统治了整个地球。而哺乳动物，如以吃昆虫为生的 Morganucodontis 则继续在丛林和草丛中繁衍。

恐龙神秘地灭绝，使哺乳动物趁机繁衍发展。

一些哺乳动物的体积开始变大，如巨犀，这是一种无角的犀牛，它们是陆地上曾存在过的最大哺乳动物，它们分布在地球各处。

现代人类的祖先——原始人类开始出现在地球上。

各式各样的哺乳动物在地球上行走、游泳或飞翔。

## 哺乳动物的千禧年纪念

选择任意一种哺乳动物，通过对这种动物的研究，了解它的进化过程。选取五个进化发展阶段，分别画出草图。在每幅图片下注明这种哺乳动物的生存时间、地点，以及改变过程。最后画出这种哺乳动物现在的模样，并描述它适应目前所处环境的方式。

课 程 活 动

# 井然有序

所有的哺乳动物都长着毛发，并且用乳汁养育它们的后代。但这一个定义很难区分各种不同的哺乳动物，如树鼩鼱、大象、针鼹和犀牛等哺乳动物的差异。哺乳动物在三叠纪时期开始出现，随着时间不断进化，成为引人注目或不起眼的各种哺乳动物。

对哺乳动物最简单的分类方法是将它们分为：单孔类哺乳动物（如鸭嘴兽）、有袋类哺乳动物（长有育儿袋的动物）和胎盘类哺乳动物（其他现存的哺乳动物）。哺乳动物学家认为这种分类方式不够准确，因此他们将现存的哺乳动物分为21个目，这样更容易理解，请参考右表。这种分类并非不可改变，随着对哺乳动物的进一步了解或对原有信息的重新诠释，这套分类系统也会跟着改进。但是无论科学家提出什么新名称，哺乳动物都是动物世界中令人惊叹的类群。

## 哺乳动物分类表

| 目 | 俗称 |
|---|---|
| 单孔目 | 只有一个泄殖孔的动物 |
| 有袋目 | 身上长有一个袋子的动物 |
| 偶蹄目 | 肢端蹄呈偶数的动物 |
| 食肉目 | 主要以肉类为食的动物 |
| 鲸目 | 样子像鲸鱼的动物 |
| 翼手目 | 翅膀像手的动物 |
| 皮翼目 | 翅膀为皮肤的动物 |
| 贫齿目 | 没有牙齿的动物 |
| 蹄兔目 | 样子像蹄兔的动物 |
| 食虫目 | 主要吃昆虫的动物 |
| 兔形目 | 样子像兔子的动物 |
| 象鼩目 | 腿又大又长的动物 |
| 奇蹄目 | 肢端蹄呈奇数的动物 |
| 鳞甲目 | 身上长有鳞片的动物 |
| 鳍足目 | 脚的形状像鳍的动物 |
| 灵长目 | 万物之灵 |
| 长鼻目 | 鼻子非常长的动物 |
| 啮齿目 | 鼠类等啮齿类动物 |
| 海牛目 | 样子像海牛的动物 |
| 管齿目 | 牙齿像管子的动物 |
| 异关节亚目 | 关节异样的动物 |

| 举例 | 特点 |
|------|------|
| 鸭嘴兽、针鼹 | 产卵繁殖后代，而不是生产幼体 |
| 袋鼠、树袋熊、负鼠 | 在腹部的袋中哺育未成年的宝宝 |
| 绵羊、猪、长颈鹿、鹿、牛、骆驼 | 食草动物，蹄上有两个或四个趾头 |
| 猫、狼、水獭、鼬鼠、熊 | 有巨大的犬齿、脚爪，以捕食猎物为生 |
| 鲸、海豚、鼠海豚 | 水生动物，头上有喷水孔，有前鳍 |
| 蝙蝠 | 唯一能飞的哺乳动物，通过回声定位来辨别方向 |
| 飞狐 | 长有犬齿和宽宽的门牙，在树与树之间滑翔 |
| 食蚁兽 | 没有牙齿，或只有弱小的牙齿，以昆虫为食 |
| 蹄兔 | 食草动物，蹄子和牙齿像犀牛 |
| 鼹鼠、鼩鼱、刺猬 | 形体小，嘴巴长，长有锐利的尖牙 |
| 家兔、野兔、山兔 | 有四颗上门牙，后腿适合跳跃 |
| 象形鼩鼱 | 长得像鼩鼱，鼻子很长，后腿较大 |
| 马、斑马、貘、犀牛 | 食草动物，蹄子上长有一个或三个趾头 |
| 穿山甲 | 身上长有角质鳞片，吃蚂蚁和白蚁 |
| 海豹、海狮、海象 | 海洋食肉动物，前肢演化成鳍足，适合游泳 |
| 人类、猴子、猿 | 脑容量大，有相对的拇指，双目并用 |
| 非洲象、亚洲象 | 大型食草类动物，鼻子很长 |
| 家鼠、田鼠、海狸、松鼠 | 小型食草类动物，门齿突出 |
| 儒艮、海牛 | 没有后腿，有前鳍，在江河入海处吃水草 |
| 土豚 | 以白蚁为食，只有四五颗钉状的牙齿 |
| 树懒、犰狳 | 树懒是树栖动物，犰狳身上长有鳞片状角质层 |

### 分类

大多数学生对熟悉的猫、狗等哺乳动物能写出相关的生物学报告，但是却不了解儒艮、象形鼩鼱、穿山甲和貘。参阅上表，从中挑出一种你不了解或了解很少的动物，为这种动物做出一份生物学报告，包括它的活动地区、生活习性、生态环境，以及其他方面。将你收集到的资料与班上同学一起分享。

课 程 活 动

# 哺乳动物排行榜

请比较一下海象和鼬鼠，美洲豹和骆驼，人和猪。结果是什么样的？
哺乳动物的种类千姿百态，以下是一些创记录的哺乳动物。

## 最大的哺乳动物

蓝鲸可以长达30米，100吨重。它不但是最大的哺乳动物，也是曾经存活在地球上的最大动物，连最大的恐龙也只有23米长。蓝鲸以体型很小的鳞虾为食，但是吃的数量巨大。

## 最小的哺乳动物

世界上最小的哺乳动物是小鼩鼱，尾巴不算，身体不到5厘米长。小鼩鼱是一架吃东西的机器，它总是不停地吃东西。它消化食物的速度快得惊人，如果半天不吃东西就会饿死。

## 最棒的跳高选手

美洲豹可以从站立的姿势一下跳到6米的高度。

## 移动最迟缓的哺乳动物

南非的树懒一天只移动大约0.8千米，它的一生都在树上度过。树懒以钩爪倒挂在树上，靠吃树叶为生。有些树懒看起来是绿色的，那是因为它们的毛发适于藻类的生长。

## 最棒的跳远选手

袋鼠一次可以跳9米远。

NEXT 20 km

### 毛发最长的哺乳动物

人类是毛发最长的哺乳动物，如果不剪头发，头发可以长到触地，胡须也可以。其次是麝牛。

### 会飞的哺乳动物

蝙蝠是唯一会飞的哺乳动物。蝙蝠的飞行和滑翔依赖于它身体侧面松弛皮肤的扇动。

### 会游泳的哺乳动物

海洋哺乳动物是指那些生活在海洋中的哺乳动物。鲸(包括海豚和鼠海豚)和海豹都属于哺乳动物，它们呼吸空气，却生活在水中。

### 最高的哺乳动物

最高的哺乳动物是长颈鹿。一只成年雄性长颈鹿的身高可达5.5米，这样的身高是高大男性的3倍。而令人称奇的是，长颈鹿的颈椎骨和人类颈椎骨的数目相同，都是7块。只是每块颈椎骨都比人类的长很多。长颈鹿的长脖子使它能够吃到其他食草动物无法触及的高树上的嫩叶。

### 陆地上最庞大的哺乳动物

陆地上最大的哺乳动物是非洲象，可以长到3.4米高，7711千克重。

## 打造哺乳动物明星

像人类一样，所有动物都很特殊，每种哺乳动物都有其独特之处。为了证明这一点，任意挑选一个字母。然后让学生参考百科全书或其他资料，找出以这个字母开头的一种哺乳动物。针对这种哺乳动物进行调查研究，并解释一下为什么它可以进入动物排行榜。也许所选的哺乳动物嗅觉最棒，长着最大的耳朵，憋气时间最长，或者拥有最多的牙齿。是什么使这种哺乳动物变得特殊？直接比较所查到的资料和该哺乳动物，并将这些资料记录下来。

 课 程 活 动

# 食肉动物写真

人类天生依靠吃肉类和植物以获得身体所需的能量，我们可以自愿当一名素食者，因为决定权在我们手里。相比之下，大自然对其他哺乳动物的限制要苛刻得多：有些哺乳动物只能吃昆虫，有些只能吃植物，而有些哺乳动物只能吃肉。

问：猎豹先生，你身上的斑点真漂亮！

答：谢谢，我每天都会使用到这些斑点。你知道吗？这些斑点不只是美丽的装饰，还能帮助我活命呢！

问：怎么说？

答：这些斑点使我能混在周围环境里不易被察觉，它们的作用真是太美妙了。你看，当我偷偷地靠近我想吃的猎物，穿梭在草丛中时，身上的斑点看上去像阳光的阴影，使我的行踪不易被猎物察觉。于是我就可以一步一步地接近猎物，然后迅速地逮住它。

问：我明白了，这一点的确令人称奇。你身上还有其他值得炫耀的地方吗？

答：还有呢，请看我的利齿。过来吧，凑近一点儿看，再近一点儿。

问：噢，我明白了。嗯，你看起来真是"伶牙俐齿"。

答：当然啦，我的牙齿锋利无比，非常适合用来撕裂肉。不像食草动物的牙，它们的牙齿是平的，只适合吃植物。但我是食肉动物，绝对离不开肉，我身体获得能量的唯一来源就是肉。

问：好不容易有机会离你这么近，还有其他特征可以让我看看吗？

答：我的眼睛，你看到我的眼睛是如何直视前方的吗？

问：少来啦！眼睛直视前方有什么特别呢？

答：啧！啧！自然界中任何事物必定都有其存在的道理。眼睛直视前方能使视线集中在一个范围内，我能更专注地捕获猎物。

问：真有趣。还有吗？

答：当然，最棒的还在后面。你可能也听说过我跑得有多快。说真的，如果让我在高速公路上奔跑，我肯定会收到超速罚单，我奔跑的时速高达112千米。我的腿又长又壮，天生就是飞毛腿，这样我才能捕捉到美味的瞪羚。瞪羚也不是等闲之辈，我不是每次都能逮到它们，它们非常狡猾，总是来回地奔跑，想办法甩掉我的追踪。

问：你会怪它们吗？

答：当然不会，每种动物都有自己的生存之道。食肉动物试图捕捉猎物，而猎物则试图逃跑，这是游戏规则。植物从阳光那儿获得能量，食草动物以植物为食，食肉动物则吃那些食草动物的肉。它们吃草，我们吃它们，就这么简单。这就是食物链，我也在其中，只不过我在食物链的顶端而已。

问：你如何轻易地发现猎物？

答：应该说靠眼睛。兔子、鹿、瞪羚和斑马等猎物的眼睛长在头部两侧。这让它们更容易察觉四周潜在的危险。

问：你那边还有其他食肉动物吗？

答：大型猫科动物有狮子、猎豹、印度豹、山猫和美洲狮等。而犬科动物则有狼、野狗、澳大利亚野狗、狐狸、草原狼和胡狼。此外还有许多其他食肉动物，如土狼、鼬鼠、逆戟鲸、熊和海豹等。

问：那我们人类呢？

答：看看你自己的眼睛，你的眼睛并非长在头部的两侧，对不对？你觉得这代表什么？你的犬齿为什么会是尖的？你认为犬齿的作用是什么，美观吗？

问：我从来没想过这个问题。

答：这也不能怪你，人类打猎觅食的时代已经结束了。想吃肉时，你们只要走进超级市场，所有的肉都已经切好摆在那里了。不过身为食肉动物并不丢人，事实上，我们食肉动物有很大的功用。

问：这话从何说起？

答：通常我们捕捉的猎物都是老弱病残个体，我们吃掉弱小的，留下强壮的继续繁衍生殖，这样我们的猎物才能保持强壮、敏捷和健康。我们也一样，如果我们不能在嗅觉、奔跑和捕猎方面保持很强的优势，那我们就只有饿肚子了。因为其他食肉动物会和我们争夺猎物，吃不到猎物就不能生存。所以食肉动物和猎物之间相互依赖，共同生存，不能因为你不喜欢某种食肉动物就将这种动物消灭。说到这点，我必须走了，我快饿死了。再见，拜拜！

## 猎豹

身上长有斑点，在跟踪猎物时，这种斑点有伪装的作用，使猎物不易察觉到它的存在。挑选一块动物的栖息地，比如说非洲东部的平原，调查研究各种食肉动物的特性，并将这些特性的功用写下来。

课 程 活 动

# 野狼别哭

## —— 法利·莫沃特手稿

在长期进化过程中，食肉动物和猎物之间形成一种生态平衡，不过有时候这种生态平衡会发生倾斜。在1963年，科学家及作家法利•莫沃特为政府的野生动物保护部门工作，前往加拿大北部地区观察北极狼。当时这种北极狼大量猎食北美驯鹿，牧场主人担心他们的家畜和羊群的安全会受到威胁。

莫沃特搬进荒野里的一间小屋，并渐渐熟悉了住在他附近的两只狼。他的调查结果大大出乎他的意料，以下记录了他与这些狼的三次邂逅。

狼窝非常的隐蔽，要不是听到一串"吱吱"的尖叫声，我几乎不会注意到。我停下脚步转身回头看，在我下面不到4.5米的地方，4只灰色的小家伙正在进行摔跤混战呢。

开始我没有认出它们是什么动物，胖乎乎的狐狸形脸上长着一对小小的尖耳朵，肥嘟嘟的身体圆得像个番瓜，短短的腿呈内八字，小尾巴像树枝一样往上翘着。这个样子很难让我将它们与狼联系在一起。

突然，有一只小东西嗅出我的气味，它停止咬扯它的兄弟的尾巴，抬起那双朦胧的蓝眼睛审视着我，显然我的出现让它很惊讶。它挣扎着从混战中脱身出来，摇摇摆摆地向我跑来，但是它才跑几步，就有一只跳蚤突然袭击了它，于是它不得不坐下来抓痒。

这时，在距离我不到50米的地方，一只成年的狼清了清嗓子，发出一声深沉的嚎叫，嚎叫声中充满了威吓。

小东西们立刻一溜烟似地钻进黑洞洞的狼窝。我转过身面对那只成年狼，吓得双腿

发软，顺着松软的斜坡向狼窝滑过去……我身不由己地滑过狼窝口，滑过山脊，一直滑到蛇形土丘的底部。

当我狼狈地重新站稳，回头向土丘上望去，三只成年的狼并肩站在土丘上向下凝视着我，神情中似乎有一点儿幸灾乐祸。

不到一星期的时间，我和它们有三次邂逅。每次都落在这些"野蛮杀手"的地盘上，不过它们并没有试图把我肢解吃掉。即使我进一步接近它们的狼窝，摆出一副要伤害小狼宝宝的姿态，它们也一直显示出对我很轻蔑、很不屑的态度。

### 大灰狼到底坏不坏？

有关狼的话题充满了争议，现在这种争议更加激烈。自然学家想把狼引进到像蒙大拿州那样的荒原地区，因为这些地区鹿的数量太多了。不过牧场主们担心狼群会袭击他们的家畜和羊。让学生调查一下这件事，针对正反两面的说法进行课堂讨论。你可以上网站或是到图书馆查找相关资料。

### 传说中的谜

法利•莫沃特以坦诚的态度接近狼群，以便对狼有更深的了解。有关动物的传说是如何影响我们对这些动物的看法的？选择一种动物，根据你的记忆和联想，写出你对这种动物的印象，然后对这种动物的生活习性进行研究，并将研究结果记录下来。你先前对这种动物的看法是否正确？可以由此开始：猪很脏；狮子很高贵。

课 程 活 动

# 与猩猩共同生活

## ——珍妮·古道尔手稿

为了研究黑猩猩，英国动物学家简·古多尔在非洲坦噶尼喀湖边的高姆地区和黑猩猩共同生活了40年。黑猩猩也许是最接近人类的哺乳动物，通过对它们生活习性的仔细观察，简·古多尔发现它们与人类的相似之处超出了人们的想象。下面的文章节选自她的书《透过一扇窗》，在书中她详细描绘了卡萨克拉黑猩猩的生活片段，还给每一只猩猩都起了名字。

黑猩猩和人类一样，是少数能运用逻辑思维处理问题的哺乳动物。在下文中，简·古道尔描述了一只名叫吉吉的母猩猩，如何在享受蚂蚁大餐的同时又巧妙地免受啮咬之苦。

吉吉来到了蚂蚁洞前，从附近的树上折下一根较直的长树枝，它除去树枝上的小树枝，剥掉树皮，最后制成了一根光滑的小棍，大约有1米长。它把手伸进蚂蚁窝口，停留几秒钟后，开始在蚁洞中疯狂地乱挖，直到洞中的蚂蚁大量涌出。这时它迅速地将树枝插进蚂蚁窝中，过了一会，又将爬满蚂蚁的树枝抽出。它用另一只手闪电般地将树枝上的蚂蚁拨进嘴里，大嚼特嚼。当更多的蚂蚁因为受到侵袭，汹涌地向蚁洞外跑时，吉吉爬到了附近的一棵小树上，然后把小树枝伸下去收集蚂蚁，继续美美地享用它的大餐。

黑猩猩和人类一样，有深厚的感情和爱。母亲和孩子们非常亲近，兄弟姐妹之间也相互帮助。下文是简·古多尔真实记录下的沃菲和它的姐姐温达在母亲去世后的亲密关系。

当全家外出时，温达经常抱着沃菲，这不仅是因为温达像所有的姐姐一样喜欢它的小弟弟，更重要的是因为自从沃菲开始学步起，无论温达走到哪里，沃菲都跟在它后面。沃菲常常因为跟不上队伍而放声大哭，温达听到后会立刻放下自己的事情回到它的小弟弟那里，把它抱起来一起向前走。

黑猩猩不仅具有人类品格高尚的一面，同时也具备人类邪恶的弱点。1974年，没有什么特别的原因，一群黑猩猩分成了两个对立的部落。这两个黑猩猩部落分别称为卡萨克拉和卡哈麻，由成年的黑猩猩组成的巡警在各自的领域边界巡逻，并对任何属于敌方的黑猩猩进行攻击。在以下节录的文章中，6只卡萨克拉部落的成年雄性黑猩猩遇见了一只属于卡哈麻部落的名叫高第的小黑猩猩，它当时正在树上觅食。

汉弗莱首当其冲，抓住高第的一条腿将它摔到地上，然后一屁股坐到它的脑袋上，双手抓住它的腿，把它紧紧地压在地上。费根、约密欧、雪利和爱沃瑞得开始对受害者拳打脚踢，可怜的高第既没有逃跑的机会，也没有还手的力气。这一群中年纪最大的如多夫，朝着高第身上有伤口的地方又撕又咬。10分钟后，汉弗莱放开了高第，其他猩猩也跟着住手，乱哄哄地一起离开了。这时的高第伤势严重，脸部、一条腿和右胸部都是裂开的大伤口，显然在那场灾难中它被打得奄奄一息。毫无疑问，高第后来肯定死于重伤，因为专门观察卡哈麻部落的研究人员和学生在那个区域再也没有见到过它。

### 看看我

选一种哺乳动物，对它进行观察和记录。可以选择一种宠物或其他动物，尽可能地仔细观察，并将观察后果记录下来。通过这些观察记录，你对这种哺乳动物的结论是什么？它与其他动物(与它相似的动物、不同的动物、人类)之间有什么关联？

课 程 活 动

# 可爱的有袋类哺乳动物和奇妙的单孔类哺乳动物

世界上的哺乳动物基本上分为三类，数目最多的是胎盘类哺乳动物，这类哺乳动物未出生的小宝宝是通过胎盘获取营养的。胎盘从母体血液中吸取氧气和营养，再通过脐带转送到胚胎，这就是你出生的秘密。（看看你自己的肚脐，肚脐是最好的见证，它的位置正是你身为胎儿时和母体相连的地方。）

但是其他哺乳动物生育小宝宝的方式有些不同，有些哺乳动物通过下蛋的方式，它们被称为单孔类哺乳动物，数量很少，有嘴巴长得像鸭子的鸭嘴兽，还有针鼹，也叫食蚁猬。雌性单孔类哺乳动物下完蛋后，立刻将蛋放进它肚皮上的皮囊中进行孵化，小宝宝孵化出来后会继续待在妈妈的皮囊中，在那里吃奶长大，直到它们可以离开妈妈的皮囊独自生活。

有袋类哺乳动物是第三类哺乳动物，它们身上也长有袋子，不过它们不下蛋。相反，它们生出像豆形软糖般大小的小胚胎。这些豆形小胚胎必须自己爬出妈妈的体外，爬进妈妈肚皮上的小袋中，然后用嘴吸吮妈妈的乳头。小宝宝在袋中停留几周或几个月的时间，靠妈妈的乳汁成长。当小宝宝长大后就可以离开妈妈的袋子到袋外的世界生活。美国只有一种有袋类哺乳动物，那就是负子袋鼠。世界上其他259种有袋动物都生活在澳大利亚，以及附近的塔斯马尼亚岛和新几内亚岛。

食蚁猬，或称针鼹，大约有38厘米长，浑身长满了刺。雌性针鼹一次只生一个蛋，它把蛋放进皮囊中，蛋孵化后，用乳汁喂养小宝宝直到它长出毛，长了毛的小宝宝会自己爬出妈妈的皮囊。

嘴巴长得像鸭子的鸭嘴兽模样真奇怪，嘴仿佛是橡胶做的，脚上有蹼。鸭嘴兽也下蛋，你是不是觉得它有点儿像鸟？鸭嘴兽在许多方面的确像鸟，不过这种奇怪的动物身上长毛发，而不长羽毛，并且用乳汁喂养小宝宝，因此它是哺乳动物，只有哺乳动物才会用乳汁喂养后代。

短尾袋鼠体型小得像猫，身上也长有袋子。

树袋熊浑身都是柔软的灰色皮毛，在桉树上生活。它们圆滚滚、胖乎乎的，这种体形并非偶然，而是因为它们能够消化桉树叶的肠子体积硕大的缘故。树袋熊身上长有袋子，不过袋口向后开。

獾的嗓门很大，脾气暴躁，是一种食肉动物。它的身材与小狗一般大小，下颚强壮，嘶咬有力，这使它能捍卫自己的领土不被其他动物侵略。

条纹食蚁袋鼠大小和猫一样，是一种有袋类哺乳动物。它们以吃白蚁为生，浑身上下长满斑点和条纹。

# 黑暗中（不）孤独

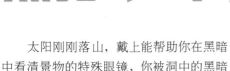

太阳刚刚落山，戴上能帮助你在黑暗中看清景物的特殊眼镜，你被洞中的黑暗包围着，但是你并不孤独。

这里到处都有蝙蝠飞进飞出，有的倒挂在洞穴上方，有的蹲伏在洞穴底部。不过有趣的现象是这些蝙蝠好像不发出任何声响，只有它们从你耳边飞过时扇动翅膀发出的沙沙声。

另一种奇怪的现象是，尽管周围一片漆黑，成百上千的蝙蝠在洞中飞行，却不会发生相互碰撞的意外事故。小心！一只蝙蝠正在朝你飞来。但是就在最后一秒钟，它巧妙地避开了你。

不过你察觉不到，蝙蝠无时无刻都在发出声音。它们发出高频的吱吱声，超出了人耳的听觉范围，这种声音使蝙蝠在黑暗中也能"看得见"，从而可以在夜里飞行捕捉昆虫吃，这叫做回声定位，原理和雷达有许多相似之处。

正像所有的声音那样，蝙蝠发出的吱吱声也有回声。蝙蝠发出的声音遇到障碍物(如昆虫)后返回，这种返回的声音对蝙蝠而言是一种信号，告诉蝙蝠昆虫的具体位置。永别了，昆虫们！你可注意到在这个洞中，昆虫、黑蝇及其他小虫的数量非常少？那是因为它们的许多同伴都已成为蝙蝠的大餐了。

蝙蝠的食量很大，只有在进食重量相当于它们体重一半的小虫时，才算吃饱。蝙蝠一边飞行一边捕捉昆虫，同时将小虫装进尾部的隔膜中留着以后慢慢享用。请不要踩到脚边那些活着的昆虫，它们可是蝙蝠的晚餐。

注意你的头顶，那儿有一只蝙蝠妈妈正在给它的小宝宝哺乳。它肩负着沉重的负担，刚出生的小宝宝重量已经是母亲体

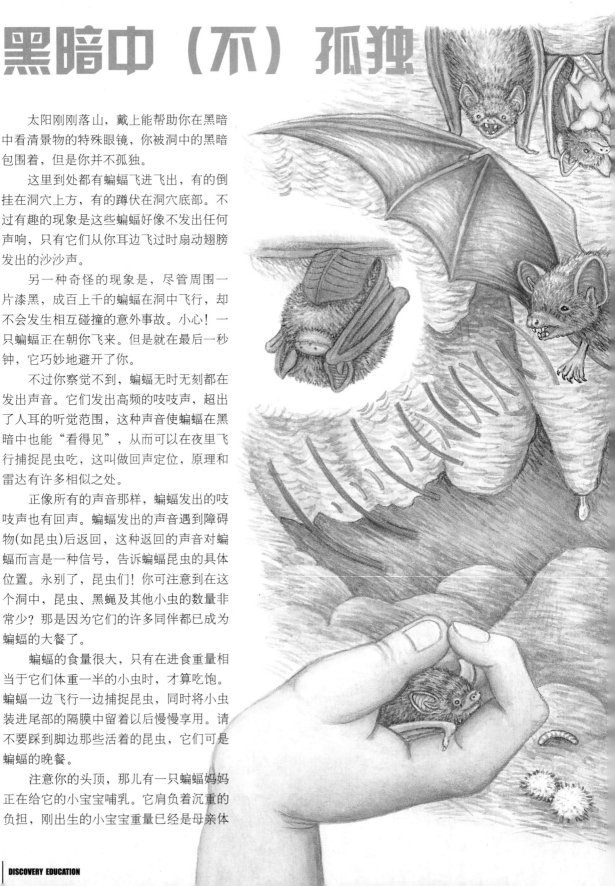

重的1/4了，好在母亲的乳汁非常充足，这有助于小宝宝的快速发育。现在被你放在手中的小蝙蝠还没有完全长大，不过它很快就可以飞了。

## 请勿打扰

如果是冬季，你会发现成千上万只蝙蝠倒挂在洞顶上，沉沉入睡。它们用爪子抓牢洞顶，翅膀像毛毯一样将身体裹住。

冬天，蝙蝠没有足够的食物，冬眠是熬过冬天的生存手段。在冬眠时蝙蝠的体温下降，心跳每分钟只有8下。在这期间，蝙蝠会消耗掉体内80%的脂肪。所以请不要打扰冬眠中的蝙蝠，如果蝙蝠在冬眠中醒来一次，会使它消耗掉几周的能量，这样也许它就没有足够的能量熬过冬天。

### 脂肪和皮毛

脂肪和皮毛是哺乳动物熬过寒冷冬天的法宝。无论哺乳动物是否需要冬眠，保持身体的恒温状态是非常重要的。请做下面的小实验。准备两杯热水，用一条毛巾裹住其中一杯水，用橡皮圈将毛巾束紧。将这两杯水同时放进冰箱，待一个小时后取出，用手指分别放进这两杯水中测试温度。哪杯水的温度较高？为什么？

# 是哺乳动物吗？

夕阳的余晖仍然灼热，非洲沙漠继续散发着热量，使沙漠中巨大的白蚁丘看上去有些轻微地摇摆。一丝凉意暗示着夜晚的来临，这时夜间动物开始活动了。在白蚁丘内，白蚁王国中的女王正忙着产卵，工蚁们围在它四周，有的为它送上食物，有的忙着照顾蚁卵，而有的正忙着巩固和维修蚁窝，里面一片忙碌。

你在蚁窝附近止步，有什么东西正在地下活动。你运用敏感的声频设备侦测周围的沙地。声频设备感应到一些声音，包括挖掘声、滴答声、吱吱声，还有频率极高的咕哝声。

你在沙地上挖个很深的洞，抓到一只样子奇怪、粉红色、柔软有皱纹的动物，它尖尖的毛缠结在一起，四条腿在空中乱动。它的皮肤非常松弛，身体可以在里面扭来扭去。尖尖的利爪差点抓伤你，这个小东西还挺厉害的呢，嘴看上去很尖。

你把它放了，它便立刻钻到沙中。你慢慢地探索这一神秘洞穴，洞穴中到处都是这种小动物，它们看上去活动非常灵敏。其中有一只体积最大，这一只是雌性，它正在生小宝宝。在你的注视下，那些粉红色的小宝宝从它的体内挣脱，蠕动着争抢乳头喝奶。其他成员有的照顾小宝宝，有的为母亲送食物，还有的在挖洞。

经过测量，你发现这种动物的体温非常低，与洞穴温度差不多。

在匆匆做完记录后，你将洞穴恢复原状，然后返回营地，迫切地想要弄清楚这种动物到底是什么？

将动物进行分类是认识、研究不同种类动物的一种方法。各个动物种群都有自己的特征，不过有时这些特征界线并非那么明显，你见到的这种神秘动物所表现出的特征许多其他的动物也都具备。根据你的观察结果，综合各种线索，判断一下你所发现的这种神秘动物到底是什么。

| 昆虫 | 哺乳动物 |
|---|---|
| ● 有些种类具有复杂的社群生活<br>● 这些昆虫群体中有一个女王，她是群体中唯一的雌性，负责繁殖后代<br>● 群体中的其他昆虫则是工人的角色，它们辛勤工作，服侍女王<br>● 它们属于冷血动物，体温与周围环境的温度相同<br>● 没有脊椎<br>● 有六条腿<br>● 身体有三节 | ● 长有毛发<br>● 是恒温动物，可以自己调节体温，在任何情况下体温都保持不变。<br>● 母亲生出小宝宝<br>● 以乳汁喂养小宝宝<br>● 有脊椎<br>● 有四肢<br>● 身体有三节 |

答案请看第150页

# 不是冒犯，只是闻闻

人类有五种感官，这五种感官帮助我们认识周围的这个世界。不过某些动物的感官比人类要灵敏得多，无论野猫还是家猫的视觉都比人类强；蝙蝠的听觉非常好；猎犬的鼻子天下无敌，不过猎犬除了嗅觉，其他感官也非常灵敏，这使得它只要嗅一下你的发夹或鞋带之类的小东西，就能记住你的气味将你辨别出来。你不能嗅到自己的气味，但猎犬能，事实上对一只猎犬而言，你浑身都是味道，利用这个优势，猎犬在世界各地的救援工作中都发挥着不可忽视的作用。当救援搜索人员放弃希望时，往往猎犬却能继续找出不计其数失踪的儿童和大人。在那些因为猎犬的帮助而使亲朋好友获救的人眼中，猎犬是真正的英雄。

## 什么原因使它们的嗅觉如此灵敏呢？

首先，我们应该知道哺乳动物是依靠嗅觉细胞来感知气味的，这些嗅觉细胞位于鼻腔内名为嗅膜的组织。猎犬的鼻子一般比人的大很多，因此它的嗅膜是人类嗅膜的50倍，约有150平方厘米。和猎犬的嗅觉相比，我们人类几乎什么东西都闻不出来。

猎犬也不会"忘记"任何气味。刚走进厨房时，你能闻出强烈的油烟味和香肠味，不过几分钟后，你就再也闻不出这种气味了，这是因为你的鼻子已经适应了这种气味。人类天生有一种嗅觉适应性功能，一旦我们闻到的某种气味对我们不构成威胁，人类就不会再感觉出这种气味了。但猎犬没有这种气味阻止功能，气味保留在它们的脑海中不会消失。在追踪时，猎犬总是使它们的嗅觉细胞充满活力，它们用鼻子快速地闻一下，然后再让鼻子停止嗅闻，以使嗅觉细胞休息一下。

猎犬的另一特征是它们那些高度协调的神经末梢点。这些神经末梢点专门"锁住"某种特定的气味，这样猎犬就能够辨别出这种气味，并将它保留在记忆中。更有趣的是，猎犬恰巧有许多神经末梢专门用来记住人类的气息。

当猎犬追踪目标时，它究竟在闻什么？告诉你，它在闻你的细胞。你的细胞以微小的皮屑状掉落到地上，希尔达·奥恩得董克称这些微小皮屑为"看不见的皮屑"。希尔达·奥恩得董克和她的丈夫大卫有两条猎犬，它们经常在救援工作中提供帮助。"如果有风，皮屑就会被风吹跑，不过早晚在

草地上或树丛中会留下那些皮屑，这是一种气味标本。这种气味留下后，猎犬就专门跟踪这种气味"。

不管你是否相信，你每天都会制造出5 000万个细胞，还会流许多汗。皮肤和汗液没有什么气味，但在皮肤和汗液中的细菌却有气味。就像指纹一样，每个人的气味都有所不同，即使双胞胎气味也不相同。

为了证明这一点，大卫·奥恩得董克对一双胞胎姐妹进行了实验。这对双胞胎长得太相似了，在婴孩时期，她们有几次还必须去医院，根据出生时的脚纹记录来区分谁是谁。最后她们的父母坚持让姐妹俩一个留长发，一个留短发，以便区分她们。

这对双胞胎姐妹走过一个高尔夫球场，白天有许多高尔夫球手都到这个球场打球。长发的女孩走到球场左边并躲起来，奥恩得董克先生让他的一条猎犬闻了闻那个长发女孩的睡衣，猎犬闻完后立刻冲过高尔夫球场，轻而易举地找到了那个女孩。

一些科学家认为猎犬脖子上松弛的皮肤有助于猎犬对气味的追踪，当狗将鼻子靠近地面时，那块松弛的皮肤会向前垂落，这样能产生吸杯效应，更易于捕捉到气味，增强气味的浓度(请参阅上图)。在这些特殊功能的帮助下，猎犬便能追踪气味。

### 进行感官测试

让学生进行测试感官的游戏，看看自己（也是一种哺乳动物）的感官是否灵敏。把眼睛用蒙眼布遮起来，仔细倾听周围的声音，你是否能听到一些眼睛能看到时听不到的声音？有人递上了一片水果给你吃，你的眼睛还蒙着，鼻子也被捏住，在不能看不能闻的情况下吃水果的感觉如何？将实验中的感觉和观察记录下来。

课 程 活 动

# 解救佛罗里达州的美洲豹

**佛罗里达，1999年**

佛罗里达州的美洲豹现在正面临危险，这种威武的"大猫"是美国东部最大的猫科动物，可惜目前正濒临绝迹。正如世界上其他数百种哺乳动物一样，佛罗里达美洲豹也是一种濒临绝种的动物，截止到写这篇文章时，它的数量已经不到60只了。

动物濒临灭绝的原因很多，人类的发展和建设大大减少了美洲豹赖以生存的森林和沼泽面积，由于栖息地的缩减，美洲豹被迫到其他地区寻找食物。有时候美洲豹在横过公路时，被高速行驶的往来车辆撞死，还有一些美洲豹被猎人或牧人射杀，他们误认为美洲豹会伤害人类。空气和水源的严重污染也毒害了许多美洲豹，污染使它们的免疫系统遭到破坏，更容易生病。

佛罗里达州是如何采取措施解救美洲豹的？在1995年，州立的鱼类和野生动物救护协会(FWS)将8只得克萨斯州的美洲豹放养到佛罗里达州美洲豹的栖息地，得克萨斯州的美洲豹是佛罗里达州美洲豹的近亲，动物专家们希望那些雌性得克萨斯州的美洲豹会和雄性佛罗里达美洲豹生出健康的小豹。

这种动物杂交在大型猫科动物和其他哺乳动物群体中已经实验了很长时间，杂交可以丰富动物的基因库，提高后代健康强壮的几率。

1996年，三只小美洲豹出生了。在这之后，每年都有更多的小宝宝出生，佛罗里达美洲豹濒临绝迹的问题似乎已获得完满解决。不过对于许多其他濒临绝迹的动物而言，仍然前途未卜。

## 佛罗里达美洲豹简介

**外貌特征**：属于美洲豹家族，皮毛呈红褐色及灰色，口鼻、胸部和下腹部为白色。

**栖息地**：沼泽、湿地和河流上游干燥地区。

**食物**：鹿、野猪、浣熊、短吻鳄鱼和啮齿类动物。

**社会活动**：雄性美洲豹独居生活，雌性美洲豹照顾幼豹，多半在黎明和黄昏时刻捕猎。

**特殊表现**：在短时间内奔跑速度能达到每小时56千米，嗅觉和视觉非常灵敏，叫声威震四方。

**寿命**：在野生环境下可活12~15年。

# 佛罗里达州试图挽救美洲豹的其他措施

## 笼养繁殖

在1991年和1992年，10只小美洲豹被带离野生环境。在监控状态下，这些小豹可以受到良好的保护和照顾，长大后再放回野外。不过这种方式没有获得完全成功，最近这个方案已经暂停了。

## 无线电跟踪

大多数美洲豹被捕获后，科学家在它们身上装设可以发出信号的无线电项圈，这样科学家就可以获悉它们的行踪。有关美洲豹行动方式和生活方式的信息都是极为宝贵的科学资料，这些信息可以帮助科学家更清楚如何解救美洲豹。

## 私有土地上的和谐共处

一些美洲豹生活在公有土地上，如国家沼泽地公园，其他美洲豹则在不断扩大的私有土地上生活。佛罗里达州政府向私有的土地所有者提供资金援助，鼓励他们尽量保持土地的自然状态，以使这些土地继续成为美洲豹及其他野生动物的栖息乐园。

## 旷野的呼唤

越来越多的人喜欢做那些和野生动物相关的工作。在美国，由政府设立的野生动物保护区已达500个，这些地区的生态环境受到特别保护，动物可以在保护区内自由自在地悠闲漫步。还出现了许多新兴职业，专门解决日趋恶化的污染和森林砍伐问题对野生动物所造成的负面影响。

想不想在户外工作？你可以考虑当一名户外游乐设施的设计师。户外游乐设计师的工作是对野生动物保护区的土地和水资源做更好的协调利用，此外还安排游客在大自然中悠闲漫步，以及向游客宣传保护野生动物的各项方案。

喜欢法律吗？野生动物保护区的官员专门负责执行那些有关打猎、猎捕和捕鱼方面的法律。警官在保护区内巡逻，监察那些违反野生动物保护法的不法分子，并协助对那些罪犯进行起诉。

野生动物面临的最严重的问题是种群灭绝。美国鱼类及野生动物保护协会的生物学家正在努力挽救700多种面临绝迹的动植物。

# 我为哺乳动物痴狂

## 稀奇古怪的美丽鼻子

长着星状鼻子的鼹鼠——鼹鼠的视力非常差，这种半瞎的哺乳动物用它的鼻子来探路。

海象——雄海象可以将它的鼻子膨胀成正常大小的两倍，大鼻子的作用有两点，吓退敌人和吸引异性。

大象——大象的鼻子具有多种用途，可以当鼻子、手和臂膀，这个多功能鼻子可以帮助大象进食、喝水、沟通和嗅闻。

## 牙齿的功用

海象：雄海象的长牙是它们争夺配偶的有力武器，长牙还可以帮助它们从冰水中爬到冰上来。

独角鲸：它的牙齿已经进化成一只威力四射的长剑。

## 神奇的耳朵

大象：大象的耳朵堪称世界之最，那巨大的蒲扇可以为大象扇凉。同时大耳朵也是表达情意的好工具，大耳来回摆动的意思是"请走开"。

蝙蝠：蝙蝠运用声呐，一种频率极高的声音，来捕食昆虫，使它在黑暗中不会迷失方向。蝙蝠发出的高频声音遇到物体时被反射回来，而蝙蝠的耳朵能收集这些反射回来的声音。

野兔：野兔通过大耳朵散热，这样可以使这种沙漠动物保持凉爽。

## 大食客

★ 一只成年的大食蚁动物，一天能吃掉30 000只白蚁。

★ 平均每只蝙蝠一晚上能吃掉4 000只飞虫。

★ 一只普通的鼹鼠每天吃掉的昆虫和小虫与鼹鼠的体重相当。

★ 大象每年吃掉50吨草。

★ 一只鸭嘴兽每晚能吃掉1 400条蚯蚓，50只淡水小龙虾和40只蝌蚪。

## 有关哺乳动物的事实

★ 许多种类的蝙蝠专门吃蔬菜或水果，但大多数蝙蝠吃昆虫，不过也有几种蝙蝠以动物为生。拉丁美洲有一种小型吸血蝙蝠，这种小蝙蝠在乳牛的乳房上咬一个小切口，然后用它的舌头舔乳牛的血，就像猫喝牛奶一样，但是这种吸血蝙蝠很少袭击人类。

★ 猪喜欢在泥地里打滚，因为在泥里打滚可以使它们感到凉爽，并用泥将它们的皮肤与阳光隔开。猪的皮肤非常娇嫩敏感，很容易被太阳晒伤。

★ 印度的户外工人为了防止受到老虎的袭击，会在脑后戴上假面具。老虎只从背后偷袭猎物，从不袭击与它面对面凝视的人。

## 被错误命名的哺乳动物

★树袋熊不是熊而是一种有袋动物。

★针鼹虽然也吃蚂蚁，但它不是食蚁兽。

★海牛不是牛。

★鬃狼实际上是一种狐狸。

★飞狐实际上是蝙蝠。

★虎鲸和导航鲸实际上都是海豚。

## 有关哺乳动物的幽默

一位校长走进教室，看见一只黑猩猩正坐在桌前写字。"哇！这太不可思议了！"校长大叫。
"噢，我也看不懂，"老师说，"你看它的字体多么疯狂！"

问：猴子最喜欢的月份？
答：四月April。（Ape-ril，Ape在英文中是猿猴的意思。）

教师问：还有什么比长颈鹿喉咙疼痛更糟糕的事吗？
学生弗雷德答：大象不停地流鼻涕。

## 哺乳动物描述"一群"的词组

A clowder of cats 一群猫     a plash of polar bears 一群北极熊

A skulk of foxes 一群狐狸     a bumble of bears 一群熊

A troop of kangaroos 一群袋鼠     a trip of seals 一群海豹

A mob or pride of lions 一群狮子     a superiority of camels 一群骆驼

A loom of giraffes 一群长颈鹿     a triumph of tigers 一群老虎

# 最后幸存的哺乳动物

现在你已对哺乳动物有了大致的了解，这些哺乳动物是怎样随历史变迁而做出相应改变，使哺乳动物的种类变得多种多样的。现在我们来设想这样一个问题：世界上如果没有哺乳动物，情况会是怎样的呢？

假设地球上突然发生大灾难，你可从右边列出的灾难中选择一项，或自己编造。不管选择哪一种，这种灾难都会导致地球上所有的哺乳动物毁灭，只有一种哺乳动物能够幸存。现在请选出能够幸存的哺乳动物，你选的这种哺乳动物是最大的？最壮的？最小的？最聪明的？究竟哪种动物是世界上最后幸存的哺乳动物？也许这种哺乳动物和其他种类的动物很接近，如昆虫类、爬行动物类、鱼类，等等。或许

它是一种现在认为是害虫的动物，或是一种海洋哺乳动物。这种幸存的哺乳动物怎样面对灾后的世界？灾难发生后它们的后代对食物链会有怎样的影响？它们会寻找什么样的栖息地和生态系统？为了适应环境它们会做出怎样的调整改变？

将你的调查结果发表在火星移民地新闻报刊上的特殊专栏里，火星移民地是人类避难的一块地盘，文章的标题为：最后幸存的哺乳动物。在文章中解释地球上其他哺乳动物灭绝的原因，预测地球下一步会发生什么变化。

① 北极冰山融化，海洋覆盖了整个地球表面。

② 宇宙中的一颗行星撞击地球，撞击点可能是陆地、海洋、南极或北极，撞击点不同，造成的后果也不同。

③ 火山爆发喷射出的火山灰遮住了太阳。

④ 地球上的植物都因为疾病而枯萎死亡。

⑤ 饥饿或疾病使地球上的其他哺乳动物都死亡，只有一种哺乳动物顽强地幸存下来。

---

### 第142～143页"待解之谜"的答案

从学术上来讲，这是一种哺乳动物，名字叫裸酚鼠，在非洲荒漠的地下生活。

裸酚鼠有毛发，有四肢，胎生，所以属于哺乳动物。但它们的生活方式类似昆虫：有个王后，只有它才能交配并繁殖后代；其他裸酚鼠都是不育

的；它们集群生活，像工蚁和工蜂那样，每个个体都有自己的任务，有的照顾婴儿，有的挖穴，还有的负责寻找食物。

哺乳动物本该是恒温动物，而裸酚鼠却是冷血动物，它们的体温很大程度上取决于环境的温度，这点和昆虫很相像。

那么，为什么科学家把它

们归为哺乳类呢？一个理由：裸酚鼠有毛发。只有哺乳动物才有毛发，不是吗？